CW01662585

A' GHLAINNE AGUS SGEULACHDAN EILE

Is ann às an Eilean Sgitheanach a tha Màiri E. NicLeòid. Chaidh i a dh'Àrd-sgoil Phort Rìgh agus, às dèidh grunn bhliadhnaichean a chur seachad ag obair ann an Obar Dheathain, chaidh i a Shabhal Mòr Ostaig a dh'ionnsachadh Gàidhlig. Às dèidh Ceum le Urram a chosnadh chaidh i a Chnoc Iòrdain an Glaschu airson bliadhna teagaisg aig ìre bun-sgoile a dhèanamh. Tha i a-nis ag obair na tidsear ann am Port Rìgh. Tha ùidh mhòr aice ann an dràma agus tha i air sgrìobhadh dhan àrd-ùrlar agus airson telebhisean cuideachd. Tha na dealbhan-cluiche agus sgeulachdan goirid aice air duaisean fhaighinn aig a' Mhòd Nàiseanta Rìoghail. Is toigh leatha a bhith a-muigh a' coiseachd no a' ruith agus, o chionn ghoirid, thòisich i a' fàs ghlasraichean airson a' chiad turais agus nach i bha moiteil aiste fhèin nuair a dh'fhàs iad uile!

A' Ghlainne

agus Sgeulachdan Eile

Màiri E. NicLeòid

CLÀR

CLÀR

Foillsichte le CLÀR, Station House, Deimhidh,
Inbhir Nis IV2 5XQ Alba
A' chiad chlò 2009

Air a chur ann an clò Minion
le Edderston Book Design, Baile nam Puball.
Air a chlò-bhualadh le Gwasg Gomer,
Llandysul, Ceredigion, A' Chuimrigh

Tha clàr-fhiosrachadh foillseachaidh dhan leabhar seo
ri fhaighinn bho Leabharlann Bhreatainn

LAGE/ISBN: 978 1-900901-40-6

ÙR-SGEUL

Tha amas sònraichte aig Ùr-Sgeul – rosg Gàidhlig ùr do dh'inbhich a bhrosnachadh agus a chur an clò. Bhathar a' faireachdainn gu robh beàrn mhòr an seo agus, an co-bhonn ri foillsichearan Gàidhlig, ghabh Comhairle nan Leabhraichean oirre feuchainn ris a' bheàrn a lìonadh. Fhuaireadh taic tron Chrannchur Nàiseanta (Comhairle nan Ealain – Writers Factory) agus bho Bhòrd na Gàidhlig (Alba) gus seo a chur air bhonn. A-nis tha sreath ùr ga chur fa chomhair leughadairean.

Ùr-Sgeul: sgrìobhadh làidir ùidheil – tha sinn an dòchas gun còrd e ribh.
www.ur-sgeul.com

Dha m' athair, Tormod 'Dol', a bhàsaich am-bliadhna. Chan eil latha a' dol seachad gun a bhith gur n-ionndrainn. 'S ann dhuibhse a tha an leabhar seo, sgrìobhte anns a' chànain agaib' fhèin.

Clàr-innse

Trom

Bha fios aice air a' phròiseas a-nis – cha leigeadh i leas an stiùireadh a leughadh. Thug i sùil air an uaireadair a-rithist. Mionaid no dhà eile agus bhiodh fios aice – bu chòir dha a bhith deiseil an uair sin. Tha an tìde an-còmhnaidh a' dol seachad mar bhodach le tinneas nan alt a' coiseachd sìos an rathad, gu slaodach agus gu cràiteach, nuair a tha thu a' feitheamh airson rudeigin. "Tha mise air a bhith a' feitheamh airson ùine mhòr a-nis," smaoinich Catrìona. "Cha bu chòir mionaid no dhà eile diofar sam bith a dhèanamh dhomh."

Dhùin i a sùilean. Cha robh i buileach cinnteach carson a rinn i siud. Bhiodh i ga dhèanamh nuair a bha i beag oir, an uair sin, bhiodh i an dòchas gum faigheadh i a miann aice. Cha do dh'obraich e an uair sin, carson a shaoil i gun obraicheadh e a-nis? Rud eile a dhèanadh i 's e a bhith a' dol gun bhiadh. Mura h-itheadh i rudeigin blasta, bhiodh rudeigin snog a' tachairt dhi. Uill, sin a bha i an dòchas a thachradh, ach cha do dh'obraich sin na bu mhotha. Cha do dh'ith Catrìona càil an-diugh fhathast. Bha i cho tana; dh'fhaodadh an ath ghaoith làidir falbh leatha. Dh'fhosgail i a sùilean agus choimhead i sìos làn dòchais, mar as àbhaist. An do dh'atharraich an dath air an striop? An d' fhuair i mar bu mhiann leatha? Am biodh i a' faighinn toileachas mu dheireadh thall? Cha do dh'atharraich, cha d' fhuair, agus cha bhitheadh.

Shuidh i sìos agus mhothaich i deur a' ruith le a sùilean. Dìreach aonan – cha robh mòran air fhàgail a-nis. Bha iad luachmhor, mar na daoimeanan as fheàrr san t-saoghal – tearc. Thug Tormod daoimean dhi bliadhnaichean air ais, samhla air gaol maireannach. Ach cha do mhair e ach dà bhliadhna a-mhàin. Cha b' urrainn dhi a' choire a chur air Tormod co-dhiù; cha b' esan a bu choireach ach i fhèin.

Sheas Catrìona agus chaidh i a-null chun uinneig far an tug i sùil a-mach air an t-sràid fòidhpe. Bha e trang an-dràsta – tòrr dhaoine a' coiseachd sìos agus a' coiseachd suas no a' feitheamh, mar a rinn i fhèin mionaid air ais. Càit an robh iad uile a' dol? Dè na h-adhbharan air cùlaibh nan turasan aca? Cha robh smaointinn mar sin aig Catrìona nuair a bha i na b' òige, nuair a bha i còmhla ri Tormod. Cha robh rùm na h-inntinn airson smaointinn mar sin.

Bha i fhathast a' coimhead a-mach air an uinneig nuair a chunnaic i dithis a' feitheamh airson bus. Cha robh iad ach mu fhichead bliadhna a dh'aois. Bha am fear àrd is eireachdail agus bha am boireannach – tè cho brèagha 's a chunnaic thu riamh – tana, le falt fada agus, nuair a rinn i gàire bha e mar gun do chuir i solas air an latha. Bha Tormod agus Catrìona mar sin aig aon uair – dithis eireachdail.

Bha cuimhne aig Catrìona mar gur ann an-dè, an latha a fhuair i a-mach gun robh i trom. Bha i air a bhith a' feitheamh airson a' pheriod aice. Cha robh i draghail an toiseach nuair nach tàinig e oir bha iad an-còmhnaidh caran mì-riaghailteach agus, gu dearbh, 's ann a bha i toilichte nach robh e air tighinn airson dragh a chur oirre fhèin is air Tormod. Bha i air a' phill co-dhiù. Às dèidh greis, ged-thà, thòisich i a' faireachdainn tinn anns a' mhadainn agus bha i an-còmhnaidh sgìth, fiù 's nan robh i air a bhith na cadal fad na h-oidhche. Cha robh i airson a dhol dhan dotair ach mhothaich Tormod nach robh i gu math agus dh'iarr e oirre a dhol ann.

"Chan urrainn dhomh a bhith cinnteach gun deuchainn a dhèanamh, ach chanainn-sa gu bheil dùil agad ri leanabh," thuirt an dotair às dèidh beagan ùine, a' coimhead oirre le gràin a' dòrtadh a-mach às gach pòr. Mhothaich an dotair nach robh fàinne-phòsaidh air corrag Catrìona.

"Trom!" thuirt Catrìona. "Chan urrainn dhomh a bhith trom, tha mi air a bhith a' gabhail a' phill!"

"An robh thu tinn idir no an robh diarrhoea ort?" dh'fhaighnich an dotair.

"Bha droch stamag orm mìos no dhà air ais. Bha mi far m' obair fad seachdain. Sickness and diarrhoea," fhreagair Catrìona.

"Uaireannan, bidh tinneas a' cur stad air a' phill a bhith ag obair ceart. Bha còir agad a bhith air comhairle fhaighinn mu dheidhinn seo; feumaidh tu rudeigin eile a chleachdadh leis a' phill. Ach, mar a thuirt mi, chan urrainn dhomh a bhith cinnteach mu dheidhinn gus am bi mi air deuchainnean a dhèanamh," thuirt an dotair a-rithist.

Chùm an dotair air adhart leis a' chomhairle aice ach cha robh Catrìona ag èisteachd. Cha b' urrainn dhi càil eile fhaighinn a-steach na h-eanchainn a bharrachd air gun robh dùil aice ri leanabh. Dè dhèanadh i? Cha robh i deiseil airson a bhith na màthair agus bha i cinnteach nach robh Tormod deiseil a bhith na athair, ged a bha an dithis aca an dùil pòsadh san àm ri teachd. Dè chanadh a pàrantan? "Dia gam shàbhaladh," thuirt Catrìona rithe fhèin, tinneas ag èirigh na broilleach – tinneas agus eagal ag èirigh na broilleach. "Dè chanas mo phàrantan?"

Cha b' e sin a' chiad turas a dh'fhaighnich i dhith fhèin dè chanadh a pàrantan. Bha an aon cheist aice iomadh turas roimhe ach b' e seo an turas a bu mhiosa gun teagamh sam bith. Bha cuimhne aice bliadhnaichean air ais nuair a chaidh i a-mach aon oidhche. Fhuair i cuireadh gus film fhaicinn còmhla ri a caraid – cha robh ach aon charaid aice. Seachdain às dèidh dhi an cuireadh fhaighinn dh'fhairich i tapaidh gu leòr gus cead iarraidh bho a pàrantan – bhiodh feum aice cead fhaighinn mus rachadh i a-mach.

Cha robh a pàrantan ag iarraidh gun tachradh an aon rud rithese 's a thachair ri Eilidh, a' chiad nighean aca. Sin an leisgeil a bhiodh aca turas sam bith a bha i ag iarraidh a dhol a-mach, ged nach do dh'iarr i orra gu tric. Chaill Eilidh, piuthar Catrìona, a beatha às dèidh dhan dithis a bhith a' cluich còmhla air an deigh aon latha geamhraidh. 'S e Catrìona a bu choireach. Bha ise a' cluich ro fhaisg air meadhan na deighe ged a fhuair i rabhadh bho Eilidh. Bhris an deigh agus ged a thuit an dithis a-steach dhan uisge fhuar, dhorcha, 's e Catrìona a bha Dia airson sàbhaladh an latha ud. Thachair sin bliadhnaichean roimhe ach bha fios aig Catrìona gun do chuir a pàrantan a' choire oirrese – agus bha iad ceart. Cha do rinn Eilidh càil ceàrr na beatha ghoirid ach bha Catrìona an-còmhnaidh a' dèanamh rudeigin ceàrr.

A' smaoineachadh nach robh càil aice ri chall, cho-dhùin

Catrìona a' cheist a chur orra mu dheidhinn dol a-mach dha na dealbhan an oidhche ud. Cha robh a' chùis dòchasach an toiseach idir ach fhuair i cuideachadh bho a h-antaidh, a bha a' tadhal air an teaghlach airson na deireadh seachdain. B' e piuthar a màthar a bh' innte agus ged a bha an dithis a' coimhead gu math coltach ri chèile bha nàdar gu tur eadar-dhealaichte aca. Sin an t-adhbhar nach robh a h-antaidh a' fuireach na b' fhaide na dà latha nuair a thigeadh i a thadhal air an teaghlach agus cha dèanadh i sin ach gach dàrna bliadhna. Bha seo na bhriseadh dùil mòr do Chatrìona oir 's e piuthar a màthar an aon duine san teaghlach aig an robh beachd math oirre. Co-dhiù, chaidh Catrìona a-mach dha na dealbhan aig deireadh na seachdain às dèidh sin. Fhuair i bus a-steach dhan bhaile agus bha i an dùil an aon bhus fhaighinn air ais aig deireadh na h-oidhche. Chòrd am film rithe gu mòr agus bha i gu math brònach nuair a thàinig an t-àm airson a dhol dhachaigh. Chaidh i sìos gu stad a' bhus aig deich airson bus a thigeadh aig 10.05, a rèir a' chlàr-ama. Thòisich an t-uisge aig 10.20 (uill, sin a bha e ag ràdh air an uaireadair aice) agus bha e fhathast a' sileadh aig 10.40, an turas mu dheireadh a choimhead i air an uaireadair mus do thòisich i a' coiseachd dhachaigh. Bha i a' fuireach sia mìle a-mach às a' bhaile agus, turas a bheireadh mionaidean air a' bhus, thug e uair a thìde gu leth.

Bha an t-uisge cho trom sa chunnaic i bho chionn greis agus bha i mar tè a chaidh a bhogadh ann an amar nuair a ràinig i dhachaigh. Choisich i gu slaodach suas chun dorais, a cridhe cho trom ris an t-seacaid fhliuch aice. Dè chanadh a pàrantan rithe? A' chiad turas riamh a chaidh i a-mach agus bha i anmoch a' tilleadh dhachaigh. Cha b' e duine sam bith a bu choireach ach i fhèin. Bha an doras glaiste nuair a ràinig i ged a bha na solais air a-staigh. Am putadh i an glag air neo am biodh e na b' fhasa fuireach air a' cheum gu madainn? Bha i cho fuar is cho fliuch, dìreach mar a bha i an latha a chaidh a sàbhaladh bhon deigh. Nam fuiricheadh i far an robh i fad na h-oidhche, bhiodh i cheart cho marbh ri a piuthar.

A cridhe a' bualadh na broilleach, chuir i a corrag sìos air a' ghlag. Thug e còig mionaidean mus faca i cumadh a h-athar tro ghlainne an dorais. Cha b' urrainn dha coimhead oirre nuair a dh'fhosgail e an doras ged a dh'fhairich Catrìona a' ghràin a bh' aige oirre a' tachdadh an neirt mu dheireadh a-mach às a bodhaig. Chaidh i a-steach dhan t-seòmar-suidhe far an robh a màthair, a làmhan paisgte na h-uchd. Cha robh toileachas sam bith na h-aodann gun robh Catrìona air ais gu sàbhailte; cha robh i draghail gun robh i cho fliuch 's fuar; cha do thòisich i a' dèanamh brot teth air a son no a' faighinn aodach blàth airson a chur oirre. Cha do rinn màthair Catrìona càil mar sin.

'S ann a dh'èirich i agus chaidh i a-null far an robh athair Catrìona na sheasamh. "Bha fios aig d' athair 's agam fhìn gun robh sinn ro mhaoth ort ach chan ann mar sin a bhios e bho seo a-mach. Iarraidh mi air Dia mathanas a thoirt dhut . . . a-rithist. Feumaidh tusa an aon rud a dhèanamh. Tha mi an dòchas nach eil e ro fhadalach." Le sin, chuir i dheth an solas agus chaidh a h-athair agus màthair suas an staidhre.

Sheas Catrìona far an robh i, na deòir a' ruith sìos a h-aodann a' measgachadh leis na boinneagan uisge a bha fhathast a' sruthadh bho a falt. Sheas i an sin airson ùine mhòr.

Bha an ìomhaigh seo fhathast rithe. Chunnaic i an nighean òg a' seasamh anns an t-seòmar-suidhe san dorchadas. An nighean a chaidh a shàbhaladh às dèidh a piuthar a bhith air a bàthadh.

Chunnaic i a pàrantan a' coimhead oirre. Cha b' urrainn dhi innse dhaibh gun robh dùil aice ri leanabh. Cha b' urrainn do gach ùrnaigh san t-saoghal a cuideachadh a-nis. Bha a màthair ceart – *bha e ro fhadalach.*

Chaidh i dhachaigh, a h-inntinn fhathast ann an àite dorcha, oir bha aice ri smaoineachadh dè dhèanadh i. Bha i a' fuireach ann an taigh còmhla ri nigheanan eile ach cha robh sgeul air duine aca nuair a ràinig i an taigh, taing do shealbh. Bha botal làn branndaidh anns a' phreas a bha air fhàgail às dèidh pàrtaidh. Dh'fhosgail i am botal agus dhòirt i glainne mhòr dheth. Bha a làmhan air chrith nuair a thog i a' ghlainne gu a beul.

Thàinig a' chiad bhalgam a-mach às a beul mar uisge a-mach à pìob bhriste – nan robh i airson am botal air fad òl, cha robh seo na dheagh thoiseach. Dh'fheuch i balgam eile, ach, an turas seo, ghabh i grèim air a sròn agus dhùin i a sùilean. Chriothnaich a bodhaig, ach chùm i an dàrna balgam sìos. Gu slaodach, chuir i crìoch air a' chiad ghlainne agus dhòirt i glainne mhòr eile. Mhothaich i pacaid toiteanan a dh'fhàg aon de na nigheanan na laighe air a' bhòrd agus thug i fear dhiubh a-mach. Cha robh i dèidheil air a bhith a' smocadh ach las i fear co-dhiù. Thug i sùil air an uair – meadhan-latha. Bha ceò anns an t-seòmar a-nis bhon toitean – bha ceò na h-eanchainn cuideachd. Dè a b' urrainn dhi a dhèanamh? Cha do dh'ith i càil fad an latha agus bha an deoch air tòiseachadh ag obair a-nis.

Choimhead i sìos air a mionach – bha rudeigin a' fàs ann. Coigreach. Ghabh i balgam mòr eile – a' ghràin a dh'fhairich i airson na deoch ionnan ris a' ghràin a dh'fhairich i airson an leanaibh a bha na broinn. Ciont. Dh'èirich e tro a bodhaig mar magma a-mach à bholcàno. Cha b' urrainn dhi stad a chur air.

Bha e air a bhith a' laighe na chadal fad bhliadhnaichean gus an latha seo. Choimhead i sìos air a làimh oir bha pian innte – bha an toitean mar duslaich a-nis agus bha losgadh air a bois. Bha an ceò air falbh.

Dh'fheumadh i rudeigin a dhèanamh. Dh'fheumadh i rudeigin a dhèanamh a chuireadh às dhan leanabh. Dh'fheumadh i a dhèanamh, cha robh roghainn aice. B' urrainn dhi a dhol chun dotair gus casg-breith fhaighinn. "Bidh tu a' cluinntinn mu dheidhinn boireannaich a' dèanamh seo," smaoinich Catrìona rithe fhèin. "Dol a-steach dhan ospadal, a' gabhail pill air choireigin agus, an uair sin, a h-uile càil seachad."

Balgam mòr eile. "An urrainn dhomh sin a dhèanamh?" *Air ais ann an ùine gu aon Latha na Sàbaid. Màthair Catrìona agus a caraid a' bruidhinn às dèidh na h-Eaglaise. Sgreamh ann an guth caraid a màthar 's i a-mach air boireannach a fhuair casg-breith. Iad a' bruidhinn mun tè òg sin mar gur e biast a bh' innte – biast olc. Cha robh drùdhag de thuigse ann eatorra; cha robh lann ghlas ann idir eadar dubh is geal – dad ach dubh. Cho dubh ris an aodach san robh an dithis aca nan seasamh taobh a-muigh na h-Eaglaise. Bha an latha brèagha blàth ach dh'fhairich Catrìona fuar ag èisteachd riutha.* "Chan urrainn dhomh sin a dhèanamh. Feumaidh gu bheil dòigh eile ann."

Balgam mòr eile. Cairteal-botail branndaidh air òl mar-thà.

Ged a bha a ceann car ceòthach a-nis, bha seòrsa de chuimhne aice air boireannach a bha trom agus chaill i an leanabh às dèidh dhi tuiteam sìos an staidhre. 'S e tubaist a bh' ann. "*Tubaist,*" smaoinich Catrìona. Nan cailleadh i an leanabh às dèidh tubaist cha bhiodh i cho feumach air mathanas an uair sin, am biodh? Choimhead i a-steach dhan ghlainne agus 's ann an sin a chunnaic Catrìona an trì staidhre deug a bha a' dol suas chun a' flat.

Dhòirt i glainne branndaidh eile. *Trì staidhre deug a bha a' dol suas chun a' flat: staidhrichean car cas, cunnartach a bh' annta, gu h-àraidh nuair a tha an deoch ort. Thuit i sìos an staidhre aon turas roimhe – bha i a' cosg bhrògan le sàilean ro àrd agus thuit i air na còig ceuman mu dheireadh. Gu fortanach, cha do ghoirtich i i fhèin an turas sin – an turas sin . . .*

Toitean eile, balgam eile – sin am pàtran a bha aice am feasgar ud. Chaidh an tìde seachad cho slaodach – gach buille dhen chloc a' faireachdainn mar uair a thìde. Mu dheireadh thall, sheas i an-àirde gu cugallach. Cha robh a h-eanchainn agus a casan ag obair còmhla. Choimhead air a' chloc – leth-uair às dèidh trì. Chaidh i a-nall chun dorais agus dh'fhosgail i e. Cha robh duine ri fhaicinn anns an trannsa nuair a choimhead i a-mach. Gu slaodach, chaidh i a-nall gu mullach na staidhre. Tri-deug dhiubh. Bha am botal branndaidh na làimh. Ghabh i balgam mòr às agus chuir i sìos e air an làr. Bha i a' faireachdainn tinn a-nis, mar gun robh i airson cur a-mach, agus bha tuainealaich oirre. Bha an saoghal a' dol timcheall ro luath agus cha b' urrainn dhi stad a chur air. Chuala i iuchair anns a' ghlas shìos an staidhre – bhiodh cuideigin a' tighinn a-steach ann am mionaid eile. Mura dèanadh i an-dràsta e, cha dèanadh i idir e. Le sin, dhùin i a sùilean agus thug i ceum a-mach . . .

B' e Disathairne a bh' ann, an latha a dh'fhosgail i a sùilean a-rithist. Bha a' ghrian a' deàrrsadh a-steach air an uinneig agus a' tuiteam air aodann a màthar. Bha Tormod na shuidhe air taobh eile na leapa.

"Tha thu fortanach gu bheil thu beò. Sin a thuirt an dotair," thuirt a màthair rithe. "Thu fhèin . . . agus an leanabh. Bruidhnidh mi ris a' mhinistear a-màireach agus gheibh mi a-mach cuin as urrainn dha seirbheis-phòsaidh a chur air dòigh air ur son.

Leigidh mi fios dhut." Le sin, sheas i agus choisich i a-mach chun trannsa.

Dh'fhairich i Tormod a' gabhail a làimh agus choimhead i air. Bha e soilleir nach d' fhuair e mòran cadail.

"Dè thachair?" dh'fhaighnich e. "An e tubaist a bh' ann? Dh'òl thu cus agus thuit thu sìos an . . ." Cha do chrìochnaich e. Bha fios aig an dithis nach e tubaist a bh' ann. Bha fios aig Catrìona gun robh deagh fhios aig Tormod dè thachair. Bha sin follaiseach nuair a sheall i na shùilean. Bha i cuideachd mothachail a-nis anns an dòigh a bha e a' coimhead oirre gun robh e dha-rìreabh an gaol leatha agus gum biodh esan airson an leanabh a chumail nam biodh i air bruidhinn ris an toiseach. Carson nach do bruidhinn i ris an tòiseach?

Dh'fhuirich Tormod airson ùine mhòr – a' bruidhinn mu dheidhinn an leanaibh agus am pòsadh aca. Chan fhaca Catrìona e cho toilichte riamh na beatha ach bha gach facal a thàinig às a bheul mar ghearradh sgeine leis a' chiont a dh'fhairich i airson an rud a rinn i.

Chosg i seachdain anns an ospadal agus thàinig Tormod gach latha ga faicinn. Cha deach i dhachaigh dhan flat nuair a thàinig i a-mach às an ospadal ach gu taigh a pàrantan airson gum b' urrainn dha màthair coimhead às a dèidh. Uill, airson gum b' urrainn dhi Catrìona a chumail a-mach às an rathad air muinntir na h-Eaglaise agus rudan a chur an òrdugh airson na bainnse. Mar a chaidh na seachdainean seachad, dh'fhàs Catrìona na bu mhotha beag air bheag agus bha feum aice air aodach na bu mhotha a chosg gus nach mothaicheadh daoine gun robh i trom.

Bha i gu math trang leis an obair aice fhèin ach cuideachd bha tòrr aice ri dhèanamh a thaobh a' phòsaidh. Uaireannan bhiodh i a' stad agus a' cur a làmh air a mionach, a' smaoineachadh cò ris a bhiodh an leanabh coltach nuair a thigeadh e. Thug e toileachas mòr dhi fhèin agus dha Tormod a bhith a' bruidhinn mu dheidhinn sin. Agus ainmean; a' smaoineachadh mu dheidhinn ainmean – fireann agus boireann, seann-fhasanta agus ùr. Aon latha chaidh i a-mach agus choimhead i anns na bùithtean. Chunnaic i paidhir bhòtannan a bha cho snog – buidhe le teadaidhean beaga orra, freagarrach dha nigheanan agus balaich. Cha robh i airson càil a cheannach nuair a chaidh i a-mach ach nuair a chunnaic i na bòtannan, uill, bha feum aice orra. Chuir am boireannach anns a' bhùth na bòtannan ann am baga le ribeanan air – thuirt Catrìona gu robh i gan ceannach dha piuthar aig an robh dùil ri leanabh. Bha am baga anns an robh na bòtannan a-nis na sheasamh air an dreasair anns an t-seòmar aice. Tiodhlac dhan bhèibidh nuair a thigeadh e . . . no i!

'S e Latha na Sàbaid a bh' ann, an latha a dh'èirich i tràth sa mhadainn le pian uabhasach na broinn. Bha e mar gun robh cuideigin ga gearradh ann an dà phìos. Choimhead i sìos air na h-anartan aice – bha fuil orra. Clisgeadh ag èirigh na broinn, ruith i a-steach do sheòmar a màthar. Thug a màthair aon sùil oirre agus chaidh i sìos an staidhre gus cur a dh'iarraidh an ambaileans. Bha aig na dotairean ri opairèisean a dhèanamh air Catrìona airson a beatha a shàbhaladh ach cha b' urrainn dhaibh càil a dhèanamh airson an leanaibh. Chaidh innse do Chatrìona dà latha às dèidh sin nach biodh e comasach dhi leanabh eile fhaighinn gu bràth tuilleadh.

Nuair a thàinig Catrìona a-mach às an ospadal bha Tormod a' feitheamh air a son ach chuimhnicheadh i gu bràth an coltas a bha air aodann. Ged a thuirt na dotairean rithe nach do rinn i càil ceàrr, gur e dìreach cùis-mhulaid a bh' ann, bha fios aig

Catrìona gur e breitheanas a bh' ann. Bha i cinnteach gun robh Tormod a' smaoineachadh an aon rud. Chùm iad a' dol leis na h-uidheamachaidhean airson na bainnse ach, mìos gu leth às dèidh sin, dhealaich iad bho chèile. Chan fhaca Catrìona Tormod gu bràth tuilleadh.

A' coimhead a-mach air an uinneig, thàinig e thuice gun robh e a' fàs dorcha a-nis. Cha robh sealladh air a' chupall òg a bha nan seasamh aig stad a' bhus. 'S ann an sin a mhothaich Catrìona a faileas fhèin a' coimhead air ais oirre bho leòsan na h-uinneige – ciamar a dh'fhàs i cho aosta? Cuin a thachair e? A' bheatha air traoghadh aiste agus i air a fàgail seacte, tioram.

Stad na smaointinn aice agus i mothachail gun robh an striop bhon phregnancy kit fhathast na làimh. Ghluais i agus chuir i dhan a' bhin e. Bha i dìreach a' dol air ais dhan chathair nuair a chuala i gnog aig an doras. Chaidh i a-null. 'S e am post a bh' ann. Thug Catrìona parsail bhuaithe agus dhùin i an doras. Bha i air a bhith a' feitheamh airson a' pharsail seo airson latha no dhà a-nis – dh'fheumadh i òrdugh a chur a-steach na bu tràithe an ath thuras. Chuir i am bogsa sìos air a' bhòrd agus thug i sgian a-mach às a' phreas. Gu faiceallach, gheàrr i an sellotape agus dh'fhosgail i am bogsa. Thug i sùil a-steach. Bha seachd pregnancy test kits na bhroinn – dìreach mar a bha i an dùil. Rinn i gàire rithe fhèin. Cha d' fhuair i am miann aice an-diugh ach bhiodh cothrom eile ann an ath-sheachdain. Dh'fheumadh i feitheamh.

'S urrainn dhi sin a dhèanamh co-dhiù, tha i air a bhith a' feitheamh airson ùine mhòr a-nis agus cha dèan seachdain eile diofar sam bith dhi. Co-dhiù, nuair a bhios dùil aice ri leanabh mu dheireadh thall, bidh aice ri feitheamh naoi mìosan.

An Detox

"Dè fon ghrèin a tha sin?" Choimhead Dòmhnall sìos air an truinnsear far an robh meall beag na shuidhe a bha an aon dath ris a' bhòrd ged a bha am bòrd a' coimhead nas blasta.

"Houmous," thàinig am freagairt.

"Houmous? Agus dè th' ann an houmous?" dh'fhaighnich e dha bhean. "An e rudeigin èibhinn a th' ann?"

"Biadh blasta, fallain," fhreagair i.

"Biadh! 'S ann a tha e coimhead gu math coltach ris an rud san do chuir mi mo chas madainn an-dè. Agus chan ann à bùth a thàinig sin ach às a' chat fhèin. Cha robh mi airson sin ithe agus chan eil mi airson seo ithe nas motha." Shuidh Dòmhnall air ais bhon bhòrd agus phaisg e a làmhan.

"Ceart ma tha," thuirt Mòrag, a bhean, gun a bhith a' coimhead air. "Cumaidh mise orm leis an detox agam agus 's urrainn dhutsa trasg a dhèanamh. Sin na rudan a tha iad a' moladh air an telebhisean co-dhiù."

"Fast! Detox! Tha sinn air ar làithean-saora! Càite bheil am biadh ceart?" Sheas Dòmhnall agus chaidh e a-null chun nam preasaichean agus thòisich e a' coimhead nam broinn. Dh'fhosgail e gach preas mar mhèirleach a' coimhead airson lur oir cha robh e cinnteach càit an robh am biadh ga chumail. Cha chanainn gum biodh an suidheachadh gu tur eadar-dhealaichte nan robh Dòmhnall agus a bhean aig an taigh aca fhèin oir cha robh e uabhasach eòlach air a' chidsin an sin na bu mhotha, ach bha leisgeul aige an seo agus iad air taigh a ghabhail air mhàl airson na seachdaine.

Dh'fhàg iad an dachaigh feasgar an-dè. Bha iad airson an taigh fhàgail tràth sa mhadainn gus am biodh iad an seo ann an deagh àm ach thòisich an latha gu dona nuair a chuir Dòmhnall a chas ann an tiodhlac a' chait. Cha do dh'fhàs cùisean na b' fheàrr mar a chaidh an latha air adhart . . .

Dh'èirich Dòmhnall aig 7.30 ann an droch thrum oir bha e air a bhith na dhùisg airson a' mhòr-chuid den oidhche leis an fhuaim uabhasach a bha a bhean a' dèanamh. Cho luath 's a sguireadh i a' bleith a fiaclan chuireadh i an-àirde srann a dhùisgeadh na mairbh. Bhiodh cadal na b' fheàrr aige nan robh e fuireach anns a' flight path aig port-adhair Heathrow. Bha Mòrag fhathast na cadal 's mar sin, às dèidh dha fras gu math luath a ghabhail (chleachd a bhean a h-uile drùdh uisge teth anns an amar-ionnlaid an oidhche roimhe) chaidh e sìos an staidhre. B' ann air a' cheum mu dheireadh a lorg e na dh'fhàg an cat dha. Leis an fhuaim a bha e a' dèanamh a' glanadh a' cheum, dhùisg a bhean agus thàinig i sìos an staidhre. Bha an gleus aicese cho eadar-dhealaichte bhon an duine aice – bha iad mar dubh 's geal.

"Uill," thuirt i ris. "A bheil thu a' coimhead air adhart ri ar làithean-saora? Mi fhìn 's tu fhèin nar n-aonar gun càil sam bith airson dragh a chur oirnn. Nise, dè tha thu ag iarraidh gu do bhracaist? Bruichidh mi bracaist dhut oir seo an trup mu dheireadh a gheibh thu a leithid airson greis." Nuair a chuala

Dòmhnall sin, dh'àrdaich a spiorad beagan. Bha deagh fhios aige dè bha i a-mach air: bhiodh iad ro thrang anns an t-seòmar-chadail airson a bhith a' bodraigeadh le bracaist. Ach nuair a chuir Mòrag a' bhracaist sìos air a' bhòrd, bha e doirbh do Dhòmhnall fiu 's mìr dheth a ghabhail oir bha prèasant a' chait fhathast na inntinn.

"Chan eil an t-acras orm a Mhòrag, tha mi duilich," thuirt e rithe.

"Tha sin ceart gu leòr, a ghràidh. Na gabh dragh. Bhiodh tu na b' fheàrr gun a bhith ag ithe biadh mar seo. Nise, feumaidh mi biadh a cheannach mus falbh sinn oir cha bhi e comasach dhuinn biadh fhaighinn far am bi sinn a' fuireach."

"A bheil thu ag iarraidh cuideachadh?" dh'fhaighnich Dòmhnall. Cha robh e airson a bhith cuideachail ach, a chionn 's gun robh e an dùil ri seachdain làn spòrs bha e smaoineachadh gum b' fheàrr dha cobhair a thabhann dhi.

"No, no – chan eil mi feumach air taic sam bith. Bidh mi a' dol gu bùithtean sònraichte gus biadh sònraichte fhaighinn." Agus le sin, dh'fhalbh i.

"Biadh sònraichte," smaoinich Dòmhnall ris fhèin. Bha fios aige dè seòrsa bidhe a bhiodh a' dol a-steach dhan troilidh – oysters, sùbhagan-làir, asparagus: biadh gaoil. Cha do dh'fheuch Dòmhnall oysters riamh na bheatha ach bha e deònach gu leòr rud sam bith fheuchainn gus beagan brosnachaidh a thoirt dhan dithis aca fhad 's a bha iad air falbh. Cha robh e buileach cinnteach am bu toil leis asparagus oir 's fhada bhon a dh'fheuch e e. 'S fhada bhon a fhuair e mòran spòrs anns an t-seòmar-chadail cuideachd.

An dèidh greis, thill Mòrag bho na bùithtean le pocannan

làn stuth. Mhothaich e pacaid shùbhagan a' priobadh a-mach às a' chiad phoca 's cha do sheall e na b' fhaide. Mhothaich e cuideachd gun do cheannaich i ola massage . . .

"An do chuir thu d' aodach anns a' mhàileid?" dh'fhaighnich Mòrag.

"Uill, tha e air an leabaidh an-dràsta. Cha robh mi buileach cinnteach de seòrsa aodaich a bhiodh a dhìth orm," fhreagair Dòmhnall. "'S dòcha nach bi mi feumach air aodach idir," thuirt e ris fhèin.

"Coimheadaidh mi fhìn, bidh mi nas luaithe. Tha cuimhne agam an turas mu dheireadh a dheasaich thusa màileid. An dithis againn an grèim aig a' phort-adhair fad còig uairean a thìde!"

"Uill, ciamar a bha fios agamsa gum biodh iad a' smaoin-eachadh gum b' urrainn do chuideigin Boeing 747 a thoirt sìos le sgian-ime!"

"Agus nach cuimhnich thu dhomh, carson a bha sgian-ime anns a' mhàileid co-dhiù?"

"Nach biodh e feumail airson ceapairean a dhèanamh shuas anns an taigh-òsta . . . ?"

"Bha sinn air full-board!" fhreagair i, a guth ag èirigh a-nis.

"Agus dè thachras nuair a thèid thu sìos gu biadh agus nach eil càil romhad ach easgann, siorc cho righinn ri *Jaws* agus kebab ochd-chasach! Tha thusa nas eagalaiche na Doberman crosta nuair a tha an t-acras ort."

"Dh'fhaodainn sailead a ghabhail!"

"Feumaidh tu sailead a sheachnadh thall thairis. Nach tric a thuirt thu fhèin sin."

"Uill, rachainn a-mach gus pìos arain a cheannach bhon bhèicear . . ."

"Agus faodaidh tu sin a thoirt air ais dhan taigh-òsta agus beagan ìm agus càise a chur air le sgian-ime. Aon cheapaire le càise – dèanta!"

Ma chunnaic thu riamh duine a' còcaireachd le pressure cooker bidh beachd agad air cò ris a bha Mòrag coltach nuair a thuirt Dòmhnall sin. Gu fortanach dha Dòmhnall, chaidh Mòrag suas an staidhre gus beagan toit a leigeil air falbh mus spreadhadh i.

Dh'fhàg iad an taigh beagan às dèidh còig uairean feasgar. Bhiodh iad a bhith air falbh na bu tràithe ach bha aig Mòrag ri Dòmhnall a thoirt dhan A & E. Cha robh an cat air a bhith uabhasach fhèin toilichte nuair a dh'fheuch Dòmhnall ri a cur anns a' bogsa-siubhail aice agus, ged a chaidh i ann (às dèidh sabaid a lean uair a thìde) fhuair i spòg an uachdair air Dòmhnall leis an lot eagalach a dh'fhàg i air aodann.

'S e turas gu math sàmhach a bh' ann. Bha Dòmhnall a' dràibheadh ach bha e air a lìonadh cho làn feirg às dèidh an tachartais leis a' chat, agus bha aodann cho goirt leis na stitches a fhuair e san ospadal 's nach b' urrainn dha bruidhinn agus, o chionn 's nach eil còmhradh aig cat ann (ach a-mhàin ann an sgeulachdan uirsgeulach) cha robh guth aicese air a' chùis. Mu dheireadh thall, thuit Mòrag na cadal agus 's e sin an t-adhbhar a chaidh iad ceàrr air a' mhòr-rathad, a rèir Dhòmhnaill co-dhiù.

"'S tusa bha a' leughadh a' mhapa!" thuirt e nuair a fhuair e a-mach gun robh aige ri ceud mìle a dhèanamh a-rithist gus an lorgadh iad an rathad ceart.

"Mise! Bha mi nam chadal! Bha mi airson stiùireadh a thoirt dhut uairean a thìde air ais ach thuirt thusa gun robh fhios agad cà' robh thu a' dol."

"Uill, cha do nochd an soidhne ceart," thuirt e a' tionndadh a' chàir timcheall.

Cha do ràinig iad an taigh gu faisg air deich uairean a dh'oidhche. Bha an dithis aca gu math sgìth agus bha Dòmhnall gu math crosta. Stad iad air an rathad airson biadh agus ged a bha am biadh blasta gu leòr (a rèir Mòraig co-dhiù) cha robh Dòmhnall dhen aon bheachd nuair a lorg e burras anns an t-sailead aige. Bhiodh siud fhèin dona gu leòr ach cha robh ach dàrna leth na biastaig air fhàgail.

Mar a bhiodh dùil, bha an taigh san dorchadas nuair a ràinig iad agus a chionn 's gun do dhìochuimhnich Dòmhnall bataraidhean fhaighinn airson an leus, cha b' urrainn dha càil fhaicinn nuair a thàinig e a-mach às a' chàr. Nam biodh e airson comhairle a' bhean a ghabhail bhiodh e air solais a' chàir fhàgail air ach cha robh, 's mar sin chan fhaca e a' chlach mhòr a bha na rathad air an t-slighe sìos chun taighe gus an robh e air tuiteam thairis oirre.

Nuair a chaidh iad a-steach dhan taigh mu dheireadh thall (thug Dòmhnall ùine mhòr a' dannsadh timcheall ann am pian an toiseach) cha do rinn iad mòran ach a dhol dhan leabaidh oir bha an dithis aca gu math sgìth – Dòmhnall sgìth leis a' phian bho na diofar thubaistean aige, agus Mòrag sgìth bho a bhith ag èisteachd ri Dòmhnall.

Bha e faisg air meadhan-latha nuair a dh'èirich Dòmhnall an ath latha. Mar bu trice, bhiodh esan shuas ro Mhòrag oir 's ann ainneamh a bhiodh e a' faighinn deagh chadal air sgàth 's an onghail aicese, ach a-raoir bha iad a' cadal ann an seòmraichean fa leth. Bha Dòmhnall dìreach air faighinn a-steach dhan leabaidh ri taobh Mòraig nuair a chuala e brag uabhasach mar gu robh rudeigin a' sgàineadh. Tiota às dèidh sin siud e air an làr, na plangaidean ga chòmhdach mar pìos puff-pastry timcheall sausage roll – bha aon de chasan na leapa air falbh. Cha robh ach dà leabaidh eile san taigh – leabaidh shingilte san t-seòmar sin fhèin agus leabaidh shingilte san t-seòmar eile. Bha e beagan ro anmoch an uair sin airson feuchainn an robh na leapannan seo làidir gu leòr airson dithis ri spòrs, 's mar sin, bha e na bu shàbhailte dhaibh cadal nan aonar.

Ghabh Dòmhnall fras gu math luath nuair a dh'èirich e. Cha b' urrainn dha obrachadh a-mach ciamar a gheibheadh tu uisge blàth agus cha robh e airson comhairle iarraidh. Bha Mòrag a' dèanamh bidhe nuair a thàinig e sìos agus thug sin toileachas dha oir bha an t-acras cho mòr air 's gum biodh e air làn faing de chaoraich ithe.

"Siud thu a Dhòmhnaill!" thuirt Mòrag nuair a thàinig e a-steach. "Suidh sìos. Tha am biadh deiseil."

Shuidh Dòmhnall sìos làn dòchais ach, nuair a chunnaic e an truinnsear a bha air a bheulaibh, bha fios aige nach biodh e làn càil sam bith eile.

B' e seo a dh'fhàg e a' rùrach nam preasaichean ann an cidsin air nach robh e eòlach air a' chiad latha de na làithean-saora agus, gu mì-fhortanach, cha b' e lorg torrach a bh' ann. Ceart gu leòr nan robh e airson bùth-ghlasraich fhosgladh ach cha robh but ann airson rola hama a dhèanamh. Shuidh Dòmhnall air ais sìos, sgìth leis an spàirn.

"Houmous," smaoinich e. "Acras," smaoinich e. Bha an stansa aige a thaobh houmous ga chur far na meidh oir bha e a' fàs fann leis an acras a-nis. Thòisich e a' coimhead air houmous ann an dòigh nas fàbharaich, gu h-àraidh nuair a thuirt Mòrag gum faigheadh e dà phìos aran-coirce leis.

"Dùin do shùilean agus feuch rud beag le pìos aran-coirce," smaoinich e ris fhèin. Cuimhneachan a-nis air Auntie Peigi a' dèanamh 'fly cemetery' dha agus mar a chanadh i,

"Chan eil càil nas fhèarr na bhith a' dèanamh pastra airson do làmhan a ghlanadh – agus shiorraidh, nach iad a bha feumach air!" Sùilean dùinte nuair a dh'itheadh e pìos. Balgam mòr bainne gus a' bhìdeag a chumail sìos. Auntie Peigi a' coimhead a-mach air an uinneig, a falt crèasach ann am bun, a gàireachdaich a' gliongartaich na cheann gus an latha seo.

Dhùin Dòmhnall a shùilean agus dh'fheuch e bìdeag bheag dhen houmous fhad 's a bha Mòrag ga choimhead.

"Dè do bheachd?" dh'fhaighnich i.

"Uill," smaoinich Dòmhnall ris fhèin, "cha robh siud cho dona 's a bha mi an dùil. Blas caran neònach ach cha chanainn gur e blas mì-thaitneach a bh' ann idir."

"Uill?" dh'fhaighnich Mòrag a-rithist.

"Ithidh mi e. Ach dìreach a chionn 's gu bheil an t-acras gam tholladh," thuirt Dòmhnall.

"Glè mhath!" thuirt Mòrag. "Tha e blasta agus tha e math dhut cuideachd."

"Hmph!" thuirt Dòmhnall. Chùm e air adhart leis a' houmous agus le gach mìr dheth, dh'fhàs e ann am blas. Bha Dòmhnall faisg air deiseil leis an truinnsear nuair a thòisich e a' faireachdainn neònach. Bha e mar gun robh rudeigin na amhach – rudeigin nach bu chòir a bhith ann. Bha e doirbh dha am mìr mu dheireadh a shlugadh agus bha aige ri balgam uisge fhaighinn. Beagan às dèidh sin, mhothaich e gun robh e doirbh anail a tharraing agus dh'fhairich e an clisgeadh ag èirigh na bhroinn. Dh'fheuch e ri seasamh ach thuit e air an làr a' feuchainn ri àile luachmhor a tharraing a-steach dha na sgamhanan loisgte aige, Mòrag a' coimhead air, uamhann air a h-aodann. Sin an rud mu dheireadh a chunnaic e . . .

"Sesame seeds," thuirt an dotair ri Mòrag. "Sin as coireach. Ghabh e droch allergic reaction ri sìol sesame."

Ach cha robh i air sìol sam bith a cheannach! Carson a dhèanadh i sin? Bha e doirbh gu lèor toirt air houmous ithe! Mhìnich i sin dhan an dotair agus le sin thàinig an t-soilleireachd.

"Ah, houmous!" thuirt an dotair. "Tha mi a' tuigsinn a-nis. Tha tòrr tahini paste ann an houmous agus 's ann le sìol sesame a tha sin air a dhèanamh – allergen cunnartach. Co-dhiù, bha e gu math fortanach! Nach tu a bha, a Mhaighstir MhicLeòid? Fortanach gun robh do bhean timcheall!" Agus le sin, dh'fhalbh e.

"Fortanach!" smaoinich Dòmhnall a' coimhead air Mòrag am Marbhaiche (sin an t-ainm ùr a bh' aige oirre). "Ciamar as urrainn dhut sin a ràdh 's mi nam laighe san ospadal às dèidh a bhith an uchd a' bhàis!"

"Uill?" dh'fhaighnich Mòrag. "Ciamar a tha thu a' faireachdainn a-nis? Chan eil thu ag ràdh mòran."

"Bha mi dìreach a' smaoineachadh," fhreagair Dòmhnall.

"Mu dheidhinn dè?" dh'fhaighnich Mòrag.

"Chan e càil humorous ann an houmous!" Agus le sin dhùin e a shùilean a' smaoineachadh mu dheidhinn bracaist air a chòcaireachd: sliseagan mòra hama, isbeanan reamhair, gleansach agus marag dhubh, uile air an ròstadh ann an loch geir; trì uighean a' snàmh timcheall an truinnseir ann an ola agus tost, tost cho tiugh le ìm 's gum b' urrainn dhut claisean a chladhach ann. Biadh math. Biadh blasta. Biadh fallain.

An Turas

Tha mi a' coimhead suas – tha i fhathast ann, na suidhe rim thaobh, a' coimhead orm. Chan eil fhios aice gu bheil mi a' coimhead oirre oir tha a h-inntinn ann an saoghal eile. Chì mi deòir a' ruith le a h-aodann; aodann òg, aodann nach eil air a chomharradh le ùine fhathast, aodann ro mhìn airson innse dhuinn mun bheatha aice – eu-coltach rium fhìn.

Tha mi a' feuchainn mo chas a ghluasad ach tha a' phian ro dhona. Ged nach do mhothaich mi, tha mi a' smaoineachadh gun do dh'èigh mi a-mach oir tha i a' clisgeadh. Tha mi a' dùnadh mo shùilean, a' feuchainn ri smaoineachadh air rudeigin eile gus an tèid an cràdh seachad, agus a' faireachdainn a làimh air mo cheann. Tha am beantainn aice cho maoth – nas fheàrr dhomh na na drogaichean a thug iad dhomh gach latha dhen a' mhìos seo.

Chan eil càil ri chluinntinn air an latha shocair seo, càil ach sàmhchair, dìreach mar an latha a thachair mi ris an àite bliadhnaichean air ais.

Cha robh mi an dùil gum biodh agam ri mo dhachaigh fhàgail nuair a bha mi cho òg ach bha an taigh làn mus do rugadh mi, 's mar sin, nuair a thàinig mise, dh'fhàs cùisean na bu dorra. Nuair a bha iad a' smaoineachadh gun robh mi aosta gu leòr bha agam ri obair fhaighinn ged nach robh mòran sgilean agam idir. 'S e sin an t-adhbhar a thàinig mi dhan taigh seo: bha iad ag iarraidh cuideachadh air a' chroit 's bha an croitear a' smaoineachadh gun robh mi òg gu leòr airson croitearachd ionnsachadh.

Fhuair mi lioft dhan taigh – an taigh seo – agus, tha cuimhne agam, le gach mìle a chaidh seachad dh'fhàs an t-eagal a bha nam bhroilleach na bu làidire. Cò ris a bhiodh iad coltach? Am bithinn toilichte còmhla riutha? Am biodh an obair a' còrdadh rium? Iomadach ceist nach faigheadh freagairt gus an ruiginn. Cho luath 's a thàinig an smaoin seo thugam, stad an càr.

Bha duine na sheasamh ri taobh an rathaid agus às dèidh dha bruidhinn ri Dòmhnall, am fear a thug lioft dhomh, ghluais e gu taobh a' chàir far an robh mise nam shuidhe. Dh'fhosgail e an doras agus thuig mi gur e seo an taigh. Bha m' inntinn ag innse dhomh gum b' fheàrr dhomh gluasad ach cha b' urrainn dhomh. Bha mi ag iarraidh a dhol dhachaigh, air ais dhan t-saoghal shàbhailte a dh'fhàg mi. Bha mi airson sin a ràdh ris an duine, innse dha nach robh mi deiseil airson an t-saoghail seo ach cha tàinig na faclan nam bheul. Bha mi gun chumhachd càil a dhèanamh mun bheatha romham: bha an cumhachd sin uile aigesan. "Thugainn!" thuirt e rium agus le sin bha an ceangal mu dheireadh leis an dachaigh agam briste. Le cridhe trom, bha fios agam nach tillinn gu bràth gu taigh mo phàrantan.

Chaidh sinn sìos an rathad gus an do ràinig sinn taigh mòr geal na sheasamh na aonar am falach air cùlaibh ghiuthais mhòra, àrda – àrd gu leòr na speuran a ruigsinn. Nam b' e eun a bh' annam ruiginn na speuran agus rachainn dhachaigh ach cha b' e, 's mar sin bha agam ri fuireach an seo. Bha mi fhathast a' coimhead suas dha na craobhan nuair a chuala mi doras an taighe a' fosgladh – bha cuideigin a' tighinn gar n-ionnsaigh.

Sheas mi far an robh mi agus an ath mhionaid nochd nighean air ar beulaibh. Bha fios agam sa bhad gun robh i sochaireach, oir bha i am falach air cùlaibh an duine. Nuair a tha thu fhèin sochaireach aithnichidh tu ann an càch e. Cha robh i uabhasach àrd (car coltach rium fhìn) le falt curlach oirre (eu-coltach rium fhìn) agus sùilean donn. Ged a bha i sochaireach bha i fiosrach mum dheidhinn agus thàinig i na b' fhaisge orm.

"Hello," thuirt i rium. "Tha mi an dòchas gum bi thu toilichte an seo." Agus nuair a thuirt i sin, bha fios agam gum bitheadh.

Cha b' fhada gus an robh agam ri obair a thòiseachadh, dìreach beagan às dèidh dhomh faighinn a-mach càit am bithinn a' fuireach, agus bha mi toilichte a bhith trang oir cha robh ùine agam airson cianalas. Chòrd an obair rium agus ged a bha mi beagan eagalach an toiseach a thaobh cò ris am biodh fear an taighe coltach, agus e na dhuine mòr, foghainteach le guth àrd, cha robh e idir cho fiadhaich ri choltas: mar a chanas iad, "ged as e am beul a labhras is e an gnìomh a dhearbhas." Aig amannan bha an obair spòrsail cuideachd – gu h-àraidh nuair a bha esan a' feuchainn ris a' chrodh a chur a-mach air a' mhòintich. Bhiodh e a' dìochuimhneachadh nach robh e cho òg no cho luath 's a bha mi fhìn agus bhiodh e a' feuchainn ri cumail suas riumsa nuair a bha mi a' dol às dèidh na sprèidh. An ath mhionaid bhithinn a' cluinntinn cainnte nach robh aig a' mhinistear a' tighinn a-mach à aon de na boglaichean agus an uair sin 's ann a nochdadh e fhèin a' cosg còta puill. Chan eil fhios agam cò mheud paidhir speuclairean a bhris e thairis air na bliadhnaichean ach 's iongantach mura robh beatha chofhurtail aig an fhear-fhradhairc.

Ged a bha mi trang, cha robh mi ag obair fad an t-siubhail idir agus nuair a thigeadh i fhèin dhachaigh bhon sgoil, bhitheamaid a' dèanamh rudan còmhla – gu h-àraidh rudan a bha ise airson a dhèanamh. Bha mise dìreach toilichte gun robh i airson beagan ùine a chosg còmhla rium. Bu toil leatha a bhith a' coiseachd: aon latha shìos sa chladach agus latha eile shuas air a' mhòintich agus ise ag innse dhomh mu na rudan a rinn i tron latha. Bu toil leatha cuideachd a bhith a' streap agus nuair a bhiodh i ris a' chleasachd seo, bhithinn-sa nam shuidhe a' feitheamh oirre gus an robh i deiseil, no, mar as trice, gus an do thuit i. Bhiodh i an-còmhnaidh a' streap chraobhan ach, an ceann greis, dh'fhàs i na bu dàna agus thoisich i a' feuchainn ri cothromachadh air an fheansa air no an loidhne-nighe. Nighean gu math innleachdach a bh' innte. Saoilidh mi gun robh a màthair den aon bheachd . . . gus na bhris an loidhne-nighe. Cha d' fhuair i cothrom faighinn a-mach an robh càbaill a' whirligig na bu làidire. Chunnaic mi aon turas i a' streap suas ursainn an dorais ach chunnaic a h-athair sin cuideachd – cha chan mi an còrr.

Nuair nach robh i an sàs anns na gnìomhan cunnartach seo bhiodh i a' feuchainn rim theagasg, gu h-àraidh leasanan ann am modh: dè dhèanainn nuair a bhithinn a' coinneachadh ri daoine, cuine a bhiodh agam ri suidhe neo an dòigh as fheàrr a bhith nam sheasamh. Aig amannan bha mi a' faireachdainn gun do thachair mi air 'Sgoil Leadaidhean' an àite taigh-cruite anns an eilean seo.

Aig an àm cha robh mi a' smaoineachadh gun robh ise ag ionnsachadh càil bhuamsa – b' e ise an tidsear agus cha robh annamsa ach sgoilear. Ach, bidh cuid ag ràdh gu bheil na daoine a bhios a' toirt seachad an fhoghlaim ag ionnsachadh cho math ris an fheadhainn a bhios ga fhaighinn. A-nis, 's mi nam laighe an seo, le barrachd eòlais na bha agam anns na làithean sin, chanainn-sa gu bheil iad ceart. Saoilidh mi gun do dh'ionnsaich i rudeigin a bha fada na bu chudromaiche na leasan sam bith a thug i fhèin seachad. Dh'ionnsaich i mu ghaol gun chùmhnantan oir b' e seo an seòrsa gaoil a fhuair i bhuamsa. Cha robh aice ri càil a dhèanamh dhomh – cha dèanadh e diofar ged nach rachadh sinn a-mach a choiseachd còmhla gach latha, cha dèanadh e diofar ged nach faighinn geama ball-coise bho aon sheachdain gu seachdain eile, bha mi dìreach toilichte gun robh i ann, toilichte gun robh i na caraid dhomh.

Tha mi cinnteach gu bheil i air seo ionnsachadh nuair a dh'fhosglas mi mo shùilean a-rithist agus tha i fhathast na suidhe rim thaobh dìreach mar a rinn i fad na mìos a chaidh seachad agus fhios aice nach urrainn dhomh càil a thoirt dhi tuilleadh. Tha mi ro sgìth a-nis. Sgìth de phian, sgìth de bheatha, sgìth dhan t-saoghal seo – tha mi deiseil airson an t-saoghail eile a-nis.

A' cleachdadh gach pìos neirt a tha air fhàgail nam bhodhaig, tha mi a' togail mo spòig agus ga cur na h-uchd dìreach mar a rinn mi bliadhnaichean roimhe air a' chiad latha a choinnich sinn. Tha a' phian agamsa air falbh greiseag. A' toirt sùil air a h-aodann, aithnichidh mi gu bheil pian oirrese – ach eu-coltach ris a' phian agamsa, sìolaidh e air falbh an ceann tìde agus cha till e.

An e mise an caraid as fheàrr do mhac an duine? Chan eil fhios agam air sin, ach gun teagamh sam bith, 's e ise an caraid as fheàrr agamsa agus, le dealbh mionaideach air a h-aodann nam inntinn, tha mi a' dùnadh mo shùilean.

An Tòimhseachan-tarsainn

"Ciamar a litricheas tu dòrainneach?"

Cha tuirt mi guth nuair a chuir an duine agam a' cheist seo orm oir, ged a bha faclan a' cruthachadh nam bheul, cha bhiodh na faclan seo a' freagairt na ceist. Bha mi ag iarraidh a ràdh ris, "Bu choir fios a bhith agadsa ciamar a litricheas tu am facal sin oir 's e duine dòrainneach a th' annad fhèin!" ach cha tuirt mi sin. Mar as àbhaist cha tuirt mi guth.

"Uill?" thuirt e rium. "Nach cuala tu mi? Ciamar a litricheas tu . . ." Chuir mi stad air.

"Tha fios 'am air a' cheist." Leig mi às osna mar èadhar a' falbh à taidhear: fada agus slaodach, car coltach ris a' phòsadh againn.

"D-Ò-R-A-I-N-N-E-A-C-H" Dh'fhuaimnich mi na litrichean gu slaodach agus gu h-àrd mar gun robh mi a' bruidhinn ri cuideigin aig an robh trioblaid claisneachd. Cha robh càil ceàrr air a chlaisneachd. Uill, cha chanadh duine san dùthaich gun robh e ciorramach san dòigh sin, a bharrachd orm fhìn. Tha cuimhne agam mo mhàthair ag ràdh rim athair gun robh e fulang le 'selective hearing'. Cha chluinneadh e ach na bha e fhèin ag iarraidh. Bha an aon ghalar air Iain agamsa.

"Chan eil mi bodhar," thuirt e rium agus choimhead e sìos air a' phàipear a-rithist. Cha d' fhuair mi fiù 's air mo cheann a chur a-staigh dhan leabhar a bha mi a' feuchainn ri leughadh mus do leig e osna eile a-mach. "Tha cus litrichean ann."

"Dè a' cheist?" Bhiodh e na b' fhasa dhomh fhìn crìoch a chur air an tòimhseachan-tarsainn agus bha fios aige air sin, ach cha robh e deònach leigeil leam. Bha sinn air a bhith a' cluich na geama seo gach oidhche fad ceithir bliadhnaichean a-nis agus cha robh na riaghailtean air atharrachadh idir. Bidh iad ag ràdh ma nì thu tòimhseachan mar seo tric gum bi thu fàs nas eòlaiche air na ceistean agus an seòrsa fhreagairtean a tha iad a' lorg ach, cha robh sin ag obair dha Iain. Bha mi fhìn a' faicinn phàtranan a' nochdadh annta ach, airson adhbhar air choreigin, cha robh Iain a' mothachadh. Leugh e pìos anns a' phàipear a chionn greis mu dheidhinn clann a thòisich air pileachan cod liver oil a ghabhail. Bhathar ag ràdh anns a' phàipear gun do dh'fhàs a' chlann na bu ghlice air sgàth nam pileachan seo. Mhothaich mi latha no dhà às dèidh sin tri bogsaichean dhiubh anns a' phreas agus ann an ceann dà sheachdain cha robh gin air fhàgail. 'S dòcha gun robh e ro aosta oir cha do mhothaich mi gun do rinn na pileachan feum sam bith dhàsan.

"Uill?" thuirt mi ris a' fàs mì-fhoighidneach a-nis. "Chan urrainn dhomh d' eanchainn a leughadh!"

"Cuideigin nach eil tarraingeach – sin a' cheist. Tha mi a' coimhead airson an aon seòrsa freagairt ach feumaidh am facal a bhith nas giorra. Chan eil ach còig beàrnan ann."

Cha robh fiù 's na faclan às a bheul mus tuirt mi, "Leamh."

"Sin agad e!" thuirt e. "Sin an dearbh fhacal!" agus chrath e a cheann a-rithist airson sùil nas fhaisg fhaighinn air a' phàipear.

Tarraingeach. An e sin a' cheist a bha anns a' phàipear? Dè tha sin a' ciallachadh? Cuideigin a tha tarraingeach agus cuideigin nach eil. Mas e duine tarraingeach a th' annad tha daoine eile ag iarraidh a bhith còmhla riut, ag iarraidh a bhith faisg ort. An e duine tarraingeach a th' ann an Iain? Am b' e riamh? Carson a phòs mi e? Chan eil fhios 'am.

Airson beagan bhliadhnaichean a-nis bha mi a' cur na ceist seo orm fhìn. Carson a phòs thu e? Agus gach turas bha mi a' faighinn air ais an aon fhreagairt. Chan eil fhios 'am. Bidh daoine a' pòsadh, air neo bu chòir dhaibh a bhith a' pòsadh, a chionn 's gu bheil iad ann an gaol ach, cho fad 's as cuimhne leamsa, cha robh mi riamh ann an gaol le Iain. Cha robh 'fireworks' sam bith ann no saigheadan bho Chupid nuair a choinnich sinn ri chèile.

Choinnich sinn airson a' chiad turas nuair a bha mi fichead bliadhna a dh'aois. Ged a bha mi a' cosnadh an uair sin, bha mi fhathast a' fuireach còmhla ri mo phàrantan. Tha cuimhne agam air an latha a thadhail Iain air an taigh. Bha mi a' leughadh iris anns an t-seòmar-suidhe nuair a chuala mi gnog aig an doras. Cha b' ann tric a bhiodh daoine a' tadhal oirnn aig an taigh – cha b' e sin an seòrsa teaghlaich a bh' annainn – agus mar sin bha mi a' gabhail iongnadh cò bh' ann. Chuir e iongnadh na bu mhotha orm nuair a chaidh m' athair dhan doras a' cur fàilte dhan duine a-steach.

"Eilidh," thuirt m' athair rium, "seo seann charaid dhomh, Iain." Choimhead mi suas bhon iris agus chunnaic mi fear a bha, 's dòcha, mu fhichead bliadhna nas sine na mi fhìn na sheasamh air mo bheulaibh. Bha e cosg deise dhonn le stiall ann, lèine gheal agus bann dearg. Ged a bha am bann aige caran dearg cha tàinig an dath a bh' air faisg air na stocainnean: caran duilich a dhol seachad orra agus iad cho eagalach soilleir, agus briogais na deise cho goirid. Nam b' e meadhan an t-samhraidh a bh' ann an àite na Dùbhlachd cha mhòr nach canadh tu gur e shorts a bh' air.

"Hello," thuirt mi ris agus choimhead mi sìos a-rithist chun na h-iris a bha mi a' leughadh.

"Eilidh," thuirt m' athair. "Nach eil càil agad ri ràdh?" Mas e seann charaid aig m' athair a bh' ann an Iain, carson a bha m' athair ag iarraidh ormsa bruidhinn ris? "Bidh mi air ais ann am mionaid," thuirt m' athair. "Cuiridh mi an coire air." Agus dh' fhàg e an rùm.

Cha robh dad ri chluinntinn anns an t-seòmar ach diog, diog, diog a' chloc. Bha mi a' faireachdainn gun robh e a' fàs nas feargaiche agus nas àirde gach mionaid a chaidh seachad gun fhacal air a ràdh eadar an dithis againn.

"Chan ann tric a bhios m' athair a' dèanamh teatha do dhuine sam bith," thuirt mi ris mu dheireadh thall. "Tha mi a' smaoin-eachadh gur e sin an t-adhbhar a tha e cho fadalach a' tilleadh bhon chidsin."

"Bha m' athair fhìn an aon rud," thuirt Iain. "An turas mu dheireadh a rinn e teatha bha againn ris an luchd-smàlaidh fhaighinn a-mach oir chaidh an taigh na theine."

"Gu dearbh fhèin?"

"Oh, chaidh. Às dèidh dha teatha a chur anns a' phoit, chuir e a' phoit dhan phreas agus chuir e am bogsa teatha air an stòbha. Agus nach robh an seòmar-suidhe làn èildearan. 'S e mìorbhail a bh' ann nach deach duine aca a ghoirteachadh – bha iad uile cho tioram, bhiodh iad air a' dol suas mar bhioranan briste."

Thug e gàire orm agus cha b' ann tric a bhiodh daoine a' dèanamh sin. Co-dhiù, thàinig m' athair air ais le poit teatha agus shuidh sinn còmhla a' gabhail teatha airson faisg air uair a thìde.

Thòisich Iain a' tighinn dhan taigh gu tric às dèidh sin. Bha e an-còmhnaidh "dìreach a' dol seachad" nuair a chunnaic e gun robh an solas againn air, no bhiodh aige ri ceist a chur air m' athair ged nach do rinn e diofar dha an robh m' athair a-staigh no nach robh. Aon Disathairne thàinig e dhan taigh le dà thiogaid a thuirt e a fhuair e an asgaidh airson dannsa agus dh'fhaighnich e am bu toil leamsa a dhol ann còmhla ris. Cha robh dad eile agam ri dhèanamh 's mar sin chaidh mi a-mach còmhla ris. Bha an tàlla làn nuair a ràinig sinn agus fhuair sinn bòrd ann an oisean dorcha. Chaidh Iain a dh'fhaighinn deoch agus shuidh mise far an robh mi anns an oisean a' coimhead air na daoine eile a bha timcheall orm. Bha na nigheanan uile cho brèagha le dreasaichean dathteach orra mar iomadach dealan-dè a' dannsadh air gaothan tlàtha. Cha robh mise brèagha agus cha robh mi a' cosg dreasa spaideil na bu mhotha ach nuair a thuirt mi sin ri Iain thuirt e rium gun robh mi nas bòidhche na nighean eile a bha san tàlla.

Thòisich sinn a' dol a-mach le chèile às dèidh sin. Mi fhìn 's Iain. A-mach cuairt, no corra uair don taigh-dhealbh no dìreach a' suidhe a-staigh a' coimhead an teili. Cha chanadh tu gu robh dad a rinn sinn a bha uabhasach spreigeach, brosnachail, leithid leum a-mach à plèanaichean no snàmh le siorcan, ach cha robh mi ag iarraidh sin – b' fheàrr leamsa beatha shàmhach.

Dòrainneach. Am facal ud a-rithist. Tha mi a' creidsinn gun robh Iain riamh mar sin ach cha do mhothaich mi anns na seann làithean.

Chuala mi gnòsail bho taobh eile an t-seòmair agus bha fios

'am de bha ceàrr – bha Iain air mearachd a dhèanamh anns an tòimhseachan.

"Cùm ort," thuirt mi ris. "Dè an clue a th' agad?"

"Cha dèan mi steama de dhà dhiubh," thuirt e.

"Uill, innis dhomh iad," thuirt mi ris.

"Aonranach, deich litrichean, agus coltach ri chèile, sin a' chiad fhear, ochd litrichean," fhreagair e.

Smaoinich mi airson mionaid no dhà agus an uair sin thàinig na faclan thugam, 's dòcha gun robh iad nam inntinn mar-thà.

"Sgaraichte agus co-ionnan," fhreagair mi.

Peann ri pàipear a-rithist. "Tha thu ceart – glè mhath." Chùm e air adhart.

Sgaraichte: thug sin stad orm. Sgaradh-pòsaidh, sin facal eile. Bha mise eòlach air tòrr dhaoine a fhuair sgaradh-pòsaidh. Feadhainn òga, gu cinnteach, agus feadhainn nach robh cho òg – an aon aois rium fhìn agus ri Iain. Anns na làithean a chaidh seachad, 's e droch rud a bh' ann nam biodh dithis a' sgaradh ach a-nis gheibh thu 'pàrtaidhean dealachaidh', partaidh a chionn 's gu bheil thu air cuideigin fhàgail. Ceart no ceàrr? Chan eil fhios 'am. B' urrainn dhòmhsa a ràdh ri Iain a-màireach gu robh mi ga fhàgail agus cha shaoileadh duine dad dheth – uill, 's dòcha Iain. Ach, cha chumainn pàrtaidh. No, cha chumainn pàrtaidh idir.

Ach, nan robh mi airson Iain fhàgail, càite an rachainn? Agus carson a bhithinn airson Iain fhàgail co-dhiù? Dìreach a chionn 's gu bheil e sàrachail? Dìreach a chionn 's nach eil dad inntinneach a' tachairt nam bheatha? Dìreach a chionn 's nach eil mi ann an gaol le Iain tuilleadh? An e seo an t-adhbhar as cudromaiche? Chan eil mi ann an gaol le Iain tuilleadh? An robh mi riamh ann an gaol le Iain? Am bu chòir gaol a bhith ann? Sin a' cheist a bha agam roimhe. Bidh daoine ag ràdh gu bheil iad a' pòsadh a chionn 's gu bheil iad ann an gaol le cuideigin ach am feum thu a bhith ann an gaol le cuideigin airson am pòsadh? Tòrr cheistean, dìreach mar a gheibheadh tu ann an tòimhseachan.

Dè am freagairt eile a thug mi seachad dha Iain? Co-ionnan. Sin e. Co-ionnan. Tha cuimhne agamsa gun tuirt cuideigin rium nuair a phòs mi fhìn 's Iain gun robh sin 'co-ionnan'. Dhìochuimhnich mi uile gu lèir mu dheidhinn gus an-dràsta fhèin. Co-ionnan – mi fhìn 's Iain. Tha mi cinnteach gun robh sinn co-ionnan nuair a phòs sinn bliadhnaichean air ais ach an urrainn dhomh sin a ràdh a-nis? Choimhead mi air Iain. Bha e na shuidhe le cheann crom air a' phàipear-naidheachd. Bha e aosta a-nis. Uill, nach robh mi fhìn, agus bha esan fichead bliadhna na bu shine na mise. Falt, curlach agus geal, corragan, air an toinneamh car coltach ri seann eidheann, aodann le iomadach roc mar na sgàinidhean air aghaidh Bodach Stòrr. Seann aois.

Bha an dithis againn aosta. Duine sam bith a tha gar lorg, gheibh iad sinn nar suidhe an seo fad an latha, latha sam bith – Iain a' dèanamh thòimhseachan, mi fhìn a' fighe. An aon rud, gach latha. Fiu 's ithidh sinn an aon rud gach seachdain: sgadan 's buntàta air Diluain, stiubha Dimàirt, cearc Diciadain, hama Diardaoin, fish agus chips Dihaoine, mions Disathairne agus pìos feòla air a ròstadh air Latha na Sàbaid. An aon phàtran gun annas sam bith a' nochdadh aig àm sam bith. Dìreach mar a gheibh thu nuair a tha an aon duine a' dèanamh an aon tòimhseachan-tarsainn gach latha.

Dòrainneach. Thuirt mi gun robh Iain dòrainneach, nach b' e duine tarraingeach a bh' ann idir. Ach, dè mum dheidhinn fhìn? Dè chanadh duine mum dheidhinn-sa? Dè chanadh Iain?

’S dòcha gu bheil Iain a’ smaoineachadh gur e boireannach dòrainneach a th’ annamsa. Cò aige tha fios? Tha ar smuaintean dùinte bho chèile.

“Bràithreachas, 8 litrichean,” thuirt Iain a’ briseadh na sàmhchair eadar an dithis againn. “’S urrainn dhomh beagan cuideachaidh a thoirt dhut an turas seo. Tha am facal a’ tòiseachadh le c.”

“Companas,” thuirt mi a’ coimhead air.

“Sin agad e! Deiseil!” Thug e gàire orm. Sàmhchair.

“A bheil thu ag iarraidh cupa teatha?” thuirt e. “Bha mi a’ dol seachad air a’ bhèicearaidh an-diugh agus chunna mi gun robh *Paris Buns* ann. Tha cuimhne agam gun robh thu gu math dèidheil orra nuair a thòisich sinn a’ dol a-mach le chèile.” Phaisg e am pàipear-naidheachd agus chuir e dhan aon taobh e. Gu slaodach, sheas e suas agus rinn e air a’ chidsin.

“Bhiodh sin sgoinneil,” dh’èigh mi às a dhèidh.

A' Ghlainne

Cha robh fuaimean sam bith a' tighinn às an t-seòmar. Dè bha iad a' dèanamh an ath-dhoras? An robh iad fhathast ann fiù 's? Bha mi nam sheasamh le mo chluais teann ris a' bhalla ach cha b' urrainn dhomh càil a chluinntinn. Carson a bha am balla seo cho tiugh? Carson nach robh e cho tana ri pàipear mar bu chòir ann an taigh-òsta mar seo. Choimhead mi mum chuairt – cha robh e idir spaideil ged a bha e daor. Bha an seòmar agam dìreach mar bhogsa – bogsa dubh, dorcha le damhan-allaidh anns a' cheàrnaig. Am b' urrainn dhàsan cluinntinn dè bha a' tachairt? 'S dòcha gum b' urrainn ach 's iongantach gum biodh ùidh aige – cha bhiodh ùidh aige ann an càil ach anns an eige a bha e a' dèanamh. Ach, bha ùidh agamsa oir bha mo dhuine agus mo phiuthar a' bruidhinn ri chèile; a' bruidhinn mun t-slighe air adhart, agus cha b' e rathad dìreach a bh' ann. Thuirt iad rium gun robh iad airson bruidhinn rium nuair a bha mi deiseil airson innse dhomh dè bha iad airson a dhèanamh. Ach an-dràsta bha iadsan air aon taobh den bhalla agus bha mi fhìn air an taobh eile.

Thionndaidh mi mun cuairt agus an uair sin chunnaic mi glainne na suidhe air a' bhòrd. Bha i falamh agus smaoinich mi rium fhìn gun robh mise mar sin – falamh. 'S e an seòrsa glainne a bh' innte a bhiodh tu a' faighinn airson deich sgillinn aig fèilltean-reice. Aig aon àm bhiodh i mar phàirt de sheat ach a-nis cha robh ann ach i fhèin.

Nan robh mi airson faighinn a-mach dè bha iad ag ràdh, 's dòcha gun dèanadh a' ghlainne a' chùis. 'S iomadh turas a chunnaic mi daoine air an telebhisean a' cleachdadh glainne nuair a bha iad a' feuchainn ri rudeigin a chluinntinn tro bhalla. Thog mi a' ghlainne bhon a' bhòrd agus chaidh mi a-null air ais. Chuir mi a' ghlainne eadar mi fhìn agus am balla; bha mi a' cluinntinn rudeigin a-nis, a' cluinntinn guth Alasdair. Nuair a chuala mi e chuir mi sìos a' ghlainne gu h-obann oir a-nis cha robh mi deiseil faighinn a-mach dè bha iad ag ràdh. Ach carson a bha mi a' cleachdadh glainne airson còmhradh a chluinntinn? Carson a bha mi anns an t-suidheachadh seo? Na bu tràithe san latha bha a h-uile càil mar bu chòir – mi fhìn, Alasdair agus am balach beag againn, Aonghas, aig an taigh a' gabhail biadh. An uair sin chuala mi gnog aig an doras. Bha Alasdair fhathast ag ithe 's chaidh mi fhìn ga fhreagairt ach nuair a dh'fhosgail mi e, cha robh duine sam bith ri fhaicinn. Cha robh càil ann ach cèis air an làr.

Thog mi a' chèis a' beachdachadh cò ris a bha i a' buntainn ach cha robh ainm sgrìobhte oirre 's mar sin dh'fhosgail mi i. Bha i làn dhealbhan agus nuair a thug mi sùil orra, thàinig an saoghal brèagha, comhfhurtail agam a-steach orm.

'S e dealbhan de dh'Alasdair a bh' annta còmhla rium fhìn. Uill, bhiodh tu a' smaoineachadh gur e mise a bh' anns na dealbhan ach cha b' e mise ach mo phiuthar Alison, oir 's e leth-leanabh ceudna a bh' annainn. Nuair a chunnaic mi iad le chèile mar sin cha b' urrainn dhomh dad a ràdh. Bha mi balbh. Bha e mar gun robh e a' tachairt ri cuideigin eile. Cha robh e fìor; bha na dealbhan ceàrr; cha robh mo dhuine agus mo phiuthar còmhla idir. Ach, cha bhi an camara ag innse nam breugan 's mar sin dh'fheumadh e a bhith fìor. Bha iad còmhla: mo dhuine agus mo phiuthar.

Sheas mi far an robh mi airson beagan ùine agus an uair sin thàinig Alasdair thugam. Bha e a' gabhail iongnadh nach tàinig mi air ais às dèidh dhomh an doras fhosgladh. Gun fhacal a ràdh ris, thug mi dha na dealbhan, thog mi Aonghas, mo bhaga, agus iuchraichean a' chàir agam agus dh'fhàg mi an taigh. Bha Alasdair a' ruith às mo dhèidh a' feuchainn ri stad a chur orm. "Cha do thachair càil," thuirt e rium. "Dìreach caraidean a th' annainn. Tha fhios 'am gu bheil na dealbhan a' coimhead dona ach chan eil cùisean idir mar sin!" Bha e fhathast ag èigheachd orm nuair a bha mi a' dràibheadh sìos an rathad.

Cha robh fhios 'am càit an robh mi a' dol nuair a dh'fhàg mi ach cha robh e fada mus faca mi an taigh-òsta seo. Nan robh mi nam aonar, bhithinn air cumail a' dol ach bha agam ri stad oir bha Aonghas a' fàs sgìth. An toiseach bha e a' smaoineachadh gun robh sinn a' cluich geama le Dadaidh ach a-nis bha e ag iarraidh na leabaidh. Fhuair sinn dà sheòmar-cadail le doras eatarra – fear dhomh fhìn agus am fear eile dha Aonghas. Sin far an robh mi an-dràsta – ann an seòmar Aonghais le mo phiuthar agus Alasdair a' bruidhinn ri chèile san t-seòmar eile.

Chan eil fhios 'am ciamar a lorg iad mi ach sin a rinn iad. Thuirt mi riutha nuair a thàinig iad nach robh mi airson bruidhinn riutha – bha mi a' feuchainn ri Aonghas a chur dhan leabaidh – ach cha do dh'fhalbh iad. "Fuirichidh sinn," thuirt iad.

"Feumaidh sinn bruidhinn riut." Agus bha mi fhìn cho sgìth 's gu robh e na b' fhasa dhomh dìreach aontachadh riutha.

Bha Aonghas na chadal a-nis 's cha robh dol às agam ach bruidhinn riutha. Thog mi a' ghlainne a-rithist oir bha mi feumach air deoch uisge, ach nuair a thòisich mi a' lìonadh na glainne, thuit i às mo chorragan. Choimhead mi sìos an dùil gum biodh a' ghlainne briste air an làr ach cha do thachair càil dhi – bha i fhathast ann an aon phìos. Shuidh mi sìos air an làr far an robh a' ghlainne na laighe a-nis.

Bha sinn eagalach coltach ri chèile, mi fhìn 's a' ghlainne. Fhuair sinn bualadh a bha uabhasach ach bha sinn fhathast slàn. Bha sinn falamh an-dràsta ach b' urrainn dhuinn a bhith làn ann an ceann beagan ùine: a' ghlainne le deoch agus mi fhìn le beatha. Cha robh a' ghlainne feumach air taic bhuamsa nuair a bhuail i an làr agus bha fhios agam a-nis nach robh mise feumach air taic a bharrachd. Bhithinn fhìn 's Aonghas ceart gu leòr nar n-aonar. 'S tric a bhios tu a' faicinn an t-saoghail nas soilleir tro ghlainnichean.

An Còmhradh

Shuidh Anna sìos air mo bheulaibh agus chuir i truinnsear bhriosgaidean ann am meadhan a' bhùird a bha eadarainn.

"Siuthad, gabh briosgaid," thuirt i a' brùthadh an truinnseir gam ionnsaigh. Cha robh ach an dithis againn nar suidhe anns a' chidsin ach bha an truinnsear cho làn bhriosgaidean 's gu saoilear gu robh i an dùil ri còignear eile. Chan ann à pacaid a bha na briosgaidean seo mar a gheibheadh tu nam biodh tu a' tadhal ormsa. 'S i fhèin a rinn iad. Cha bhiodh i dol a-mach gu obair ach 's cinnteach gun robh i trang gu leòr a' coimhead às dèidh a cuid cloinne, an duine agus an taigh. Bhithinn a' tadhal oirre aon latha gach seachdain agus bha i an-còmhnaidh ann am meadhan rudeigin: còcaireachd, nigheadaireachd, glanadh – bha i an-còmhnaidh trang.

Thachair mi rithe a' chiad turas nuair a chaidh mi sìos dhan bhùth airson bainne agus bha e dùinte. Bha Anna a' cur litir sa bhogsa-phuist agus mhothaich i mise a' feuchainn ris an doras fhosgladh; cha robh soidhne an-àirde ag ràdh gun robh e dùinte. Dh'iarr i orm tighinn dhan taigh aice; bha ise na h-aonar oir bha an duine agus na balaich air falbh ag iasgach agus bha i ag iarraidh companach. Nam bithinn air tachairt rithe latha sam bith eile gu cinnteach bhithinn air cantainn gun robh mi ro thrang, ach an latha ud, air adhbhar air choreigin, thuirt mi gun rachainn ann gun smaoineachadh mu dheidhinn. Cha robh mi ag iarraidh companach ach feumaidh gun robh mi a' lorg rudeigin agus aig cùl m' inntinn bha guth ag ràdh gur dòcha gun lorgainn an siud e.

Cha robh mise air a bhith a' fuireach sa bhaile ach còig mìosan agus a chionn gun robh an dithis againn gu math prìobhaid-each, bha tòrr air nach robh sinn eòlach mu dheidhinn a chèile fhathast. Bha Anna rud beag na b' fhosgailte na mise agus bha e follaiseach an-diugh bhon chiad cheum a ghabh mi a-steach an doras gun robh i ag iarraidh bruidhinn. Bha mi air fòn fhaighinn bhuaipe an oidhche roimhe 's i a' toirt cuireadh dhomh tadhal oirre. Mar bu tric bhithinn a' tadhal oirre Disathairne ach 's e Diardaoin a bh' ann an-diugh.

Fhad 's a bha i a' faighinn deiseil leis an teatha, choimhead mi timcheall orm a' smaoineachadh cho cofhurtail 's a bha mi san taigh seo, sa chidsin seo. Cha b' ann tric a thachradh sin. Bha mise an-còmhnaidh cho trang 's gu robh e doirbh fois fhaighinn ach cuideachd a chionn 's gun robh mi faiceallach air daoine eile. Cus cheistean aca mum dheidhinn – tha gràin agam air a sin.

'S e seann taigh a bh' ann ach, thairis air na bliadhnaichean, bha iad air obair a dhèanamh air agus ged nach robh pàirt sam bith dheth spaideil (an cidsin B&Q a bha uair cho gleansach a-nis a' coimhead rudeigin sgìth, mar a bhiodh nàdarra ann an taigh làn cloinne is coin) 's e taigh snog a bh' ann a dh'aindeoin sin. Bha an Aga sa chidsin ga chumail blàth, seasgair an-còmhnaidh, ge bith dè cho fuar 's a bha an tìde a-muigh. Ann am meadhan a' chidsin bha bòrd le sia seathraichean timcheall agus sin far an robh mi fhìn agus Anna an-dràsta.

"Cha ghabh mi briosgaid, tapadh leat," thuirt mi rithe. "Tha mi a' feuchainn ri cuideam a chall." Chan eil fhios agam carson a thuirt mi sin oir tha mi feumach air cuideam a chur orm. Tha mi cho caol ri stamh – sin a tha mo mhàthair an-còmhnaidh ag ràdh rium co-dhiù. "Bhiodh tu a' coimhead fada na b' fhèarr mura robh thu cho tana. Is beag an t-iongnadh nach eil thu air fear eile fhaighinn. Bidh eagal air na fir nach faigh iad biadh ceart agus iad a' dol a-mach còmhla riutsa. Nach cuala tu riamh '*The way to a man's heart is through his stomach.*' 'S toil leis na fireannaich tè air a bheil beagan cuideam . . ." agus chumadh i a' dol mar sin. Bidh mi a' faighinn comhairle mar seo bhuaipe an ìre mhath gach seachdain ach tha mi cho cleachdte ris a-nis agus nach eil mi a' cluinntinn nam faclan ceart ann, tha iad dìreach ag itealaich timcheall mo chinn mar chuileagan air latha samhraidh – buaireanta gun a bhith cunnartach.

"Uill, tha mi fhìn airson briosgaid a ghabhail." Thàinig m' inntinn air ais dhan chidsin nuair a chuala mi guth Anna. "Feumaidh mi a bhith cinnteach gu bheil iad blasta gu leòr airson a thoirt seachad dhan chloinn. Dhan chloinn! Chan eil fhios 'am carson a tha mi fhathast ag ràdh sin, 's e deugairean a th' annta a-nis! Tha mo dhuine an-còmhnaidh a' trod rium airson sin a chanail!"

"Nach tuirt thu gum biodh iad a' falbh chun oilthigh an ceann mìos no dhà?"

"Bithidh gu dearbh. Bidh na twins air falbh chun oilthigh ann an dà mhìos eile agus cha bhi Aonghas fada air an cùlaibh. Chan eil fhios 'am dè nì mi an uair sin. Tha mi cho cleachdte ri bhith a' ruith às dèidh na cloinne agus Dòmhnall chan eil fhios 'am dè nì mi . . ."

Seo a' chiad turas a thàinig e thugam nach robh i cheart cho toilichte 's a bha mi a' smaoineachadh. Nam inntinn chunnaic mi ròs a lorg mi sa mhadainn na laighe ri taobh an rathaid, air a bhriseadh bhon fhreumh. Bha e fhathast bòidheach ach le gach mionaid a rachadh seachad bhiodh a bhòidhchead a' seacadh agus a bhrìgh a' fàs fann. Cha robh e eu-coltach ri Anna, an ròs sin. Cha chreid mi gun robh na bliadhnaichean air a bhith cho coibhneil ri Anna 's a bha iad rium fhìn.

"Uill, dè do bheachd Anna? A bheil iad blasta gu leòr airson a thoirt dha do chloinn agus Dòmhnall?"

Uaireannan bidh a' chlann a' tighinn a-staigh. Tha iad cho snog agus cho càirdeil, cho beothail. Nuair a thig iad dhan chidsin, tha iad mar cuairt-gaoithe. Seachdain no dhà air ais, thug mi rud beag airgid dhan triùir aca – bha iad ag iarraidh geama ùr airson a' choimpiutair aca. Bha iad cho toilichte 's gun d' fhuair mi cuireadh airson an geama a chluich nuair a thigeadh e.

"Nì iad a' chùis," fhreagair i. "'S e modh ùr a th' ann nach do dh'fheuch mi riamh. Cheannaich mi leabhar bèicearachd Dihaoine sa chaidh. Tha e a' faireachdainn neònach dhomh a bhith a' feuchainn modh ùr oir 's fheàrr leam a bhith a' cumail ris na rudan air a bheil mi eòlach. Ach, tha sinn uile feumach air atharrachadh uaireigin . . ."

Chùm Anna air adhart air an t-slighe seo agus ged a bha mi a' gnogadh mo chinn an dràsta 's a-rithist, bha m' inntinn ann an saoghal eile: an saoghal a bha agam còig bliadhna air ais, an saoghal a b' fhèarr leam a bhiodh agam a-nis. Cha robh fios aig Anna gum b' àbhaist dhomh a bhith pòsta le nighean. Cha robh fios aig duine sam bith sa bhaile seo agus cha robh mi airson 's gum biodh fios aca nas mò. Fiù 's fhathast an-diugh tha e doirbh dhomh smaoineachadh mu dheidhinn agus nas dorra bruidhinn mu dheidhinn. Bidh a h-uile càil a' tighinn air ais thugam airson iomadach adhbhar: bidh mi a' faicinn rudeigin, a' cluinntinn rudeigin no fiù 's bidh fàileadh ann a bhios a' dùsgadh cuimhne air àm eile. An-dè, mar eisimpleir, chaidh mi a-mach agus bha an t-adhar làn fàileadh creamh a bha a' fàs ri taobh an rathaid agus chuimhnich mi nuair a bhithinn fhìn 's Alasdair, an duine agam, a' dol a-mach cuairt air oidhche bhrèagha bhlàth samhraidh.

Tha fhios 'am nuair a tha daoine a' coimhead orm gu bheil iad a' smaoineachadh gur e boireannach beannaichte a th' annam agus ann an cuid de dhòighean, 's e. Nuair a bhios mi a' dol a-steach dhan bhaile mhòr, tha mi mothachail air daoine a' coimhead orm, a' faicinn boireannach caol, beairteach, soirbheachail a' toirt sgrìob air na bùithtean aodaich as spaideil. Nuair a ruigeas mi na bùithtean sin tha acras orm airson an stuth as ùire, as fasanta, agus bidh mi a' coimhead tro na rèilichean gu sanntach. An uair sin, bidh mi ga cheannach agus ga chur nam bhagaichean mar tè a tha fo bhuaidh an t-siùcair a' cur suiteis na beul, agus tha mi a' faighinn faochadh airson greiseag. Ach air an t-slighe dhachaigh, an càr làn bhagaichean a' giùlan aodach brèagha, tha an tinneas a' tilleadh agus cha tèid e air falbh gus am bi mi air ais sna bùithtean a-rithist.

Cheannaich mi sgoth bheag mìos air ais ged nach urrainn dhomh seòladh. B' e miann Alasdair a-riamh gum biodh airgead gu leòr againn gus bàta a cheannach agus nuair a bhitheamaid na b' aosta, le rud beag tìde, dh'fhaodamaid seòladh gu diofar àiteachan. Cha d' fhuair Alasdair mar bu mhiann leis agus ged a tha bàta agamsa a-nis, chan eil stiùireadair agam dha.

An coimeas ri tòrr dhaoine eile tha mi beairteach gun teagamh sam bith, uill, a thaobh airgid co-dhiù, ach chan eil mi cho beairteach ann an dòighean eile. Chan eil mi cho beairteach 's a bha mi nuair a bha mi gun chosnadh mar Anna. Chan eil mi cho beairteach 's bha mi nuair a bha mi a' coimhead às dèidh mo dhuine agus mo nighean – chan fhaigh thu toileachas a-mach à airgead, uill, toileachas maireannach.

Leig mi osna, osna nach do mhothaich Anna – bha i ann am meadhan seantans, am meadhan briosgaid.

Alasdair: fìor ghaol na h-òige. Phòs sinn aig fichead agus cha robh dad nach dèanadh sinn còmhla – fiù glanadh an taighe. Nuair a fhuair sinn a-mach gu robh mi an dùil ri leanabh bha sinn aig mullach ar sòlais. Thàinig an nighean bheag againn dhan t-saoghal an ath Ghiblean agus, an toiseach, bha a h-uile càil coileanta. Chòrd e rium a bhith aig an taigh a' coimhead às dèidh Màiri, ach nuair a thòisich i a' dol dhan sgoil dh'fhàs mi mì-fhoighidneach le bhith aig an taigh. Bu toil leam riamh a bhith a' dèanamh seudraidh agus a chionn 's nach robh mòran airgid agam airson prèasantan a cheannach dha mo charaidean, bhithinn a' dèanamh phìosan seudraidh dhaibh. Às dèidh greis, thòisich òrdughan a' tighinn a-steach thugam airson nam pìosan a rinn mi. An toiseach, bha Alasdair toilichte gu leòr gun robh mi a' cosnadh beagan airgid ach thairis air na bliadhnaichean dh'fhàs an àireamh òrdughan agus, an àite a bhith ag obair aig an taigh, bha agam ri àite-obrach fhaighinn. Nuair a chaidh Màiri dhan àrd-sgoil bha dusan ag obair dhomh agus, a bharrachd air sin, bha sinn a' reic ann an iomadach àite.

Aon latha dhùisg mi le Alasdair na chadal rim thaobh agus ged a bha sinn air a bhith a' cadal còmhla barrachd air còig bliadhnaichean deug a-nis, cha robh mi eòlach air tuilleadh. Ged a bha ar bodhaigean faisg bha ar n-inntinnean cho fad air falbh; bha e mar gun robh iad ann an dùthchannan eile.

Cha b' fhada gus an do dhealaich sinn agus, aig an àm, thàinig e mar seòrsa de dh' fhurtachd. Bha mi cho trang leis a' ghnothach 's nach robh ùine agam airson càil sam bith eile. Bha Màiri sia bliadhna deug aig an àm. Tha i aon air fhichead a-nis agus fhathast chan eil i a' bruidhinn rium. Tha i a' smaoineachadh gur e mise bu choireach gun do dhealaich mi fhìn 's Alastair, agus tha i ceart. Greiseag às dèidh dhuinn sgaradh, fhuair Alasdair boireannach eile, aon de na caraidean agam fhìn. An turas mu dheireadh a chuala mi, bha iad fhathast còmhla.

Gach turas a bhios mi a' smaoineachadh air ciamar a chaidh cùisean tha mi a' faireachdainn nan deòir a' ruith le mo shùilean agus bha mi a' faireachdainn sin a-nis. Choimhead mi air falbh air eagal 's gum biodh Anna mothachail ach bha ise fhathast a' leigeil seachad mun bheatha uabhasach aice. Beatha uabhasach! Chan eil fhios aice dè tha sin a' ciallachadh. Tha a h-uile càil aice a b' àbhaist a bhith agamsa. Thàinig e nam inntinn gum bu chòir dhomh rabhadh a thoirt dhi; gum bu chòir dhomh an fhìrinn innse dhi mun bheatha a bha agam, ach chùm mi mo bheul dùinte. An-dràsta bha i a' gearain nach robh Dòmhnall ga tuigsinn, nach robh e mothachail gun robh i cho mì-thoilichte le a beatha.

Boillsgeadh air dealbh dha Dòmhnall – gàire air aodann, sùilean còir – dealbh snog air duine snog.

Uaireannan, nuair a bhios mi a' coiseachd, thèid mi seachad air seann eaglais. Chan eil mullach oirre tuilleadh agus tha craobhan a' fàs na broinn. Aon latha a chaidh mi seachad oirre, bha a' ghrian a' dòrtadh a-steach tro na beàrnan far an robh na h-uinneagan aig aon àm. Tha mi air a bhith a' dol seachad air an eaglais fad còig mìosan a-nis agus cha deach mi a-steach gus an-dè. Bha seòrsa de dhealbh nam inntinn air cò ris a bhiodh i coltach na broinn: seann sgrìobhaidhean Gàidhlig air na ballachan a' toirt seachad sgeòil dhuinn air na daoine a dh'fhalbh; flùraichean a' fàs anns gach ceàrnag le clachan nam measg ann an suidheachaidhean cho foirfe, mar gun do chuir Dia fhèin sìos iad; agus craobhan a' priobadh tro na beàrnan airson sealladh nas fheàrr fhaighinn air a' ghrèin. Ach cho luath 's a chaidh mi a-steach choinnich sealladh eile rium: cha robh sgrìobhaidhean brèagha air na ballachan ach graffiti, cha robh brat-ùrlair fhlùraichean ann ach luibhean agus pocanan sgudail.

Nam inntinn chunnaic mi Anna fhathast na seasamh air taobh a-muigh na h-eaglaise sin, aineolach agus làn sannt airson na bha na broinn. Bha mi cho faisg air rudeigin a ràdh rithe. Bha mo bheul fosgailte airson comhairle a thoirt dhi ach, dìreach nuair a bha mi a' cruadhachadh nam faclan nam bheul, thuirt i rudeigin a chur stad orm.

"Bu toil leam a' bheatha agadsa . . ." Bha i ag iarraidh na beatha agamsa! Bha i ag iarraidh dol air ais gu taigh falamh gach oidhche agus dìnnear a dhèanamh leatha fhèin gun clann no duine timcheall oirre. Bha i ag iarraidh dol a chadal gun cuideigin ri a taobh: bha i ag iarraidh a h-uile rud a bha agamsa.

Thàinig Dòmhnall a-steach dìreach an sin agus bhris sin na smuaintean agam. Bidh Dòmhnall a' tighinn agus a' falbh fhad 's a tha mi fhìn 's Anna a' gabhail teatha agus bidh e an-còmhnaidh ri fealla-dhà air choreigin, 'jokes' eagallach dona mar as tric. Cha bhi iad a' cur gàire air Anna aig àm sam bith.

"Nach tu a tha coimhead bòidheach an-diugh a Mhàiread,"

thuirt e rium. "Carson nach cuireadh tu fhèin dreasa mar sin ort uaireigin Anna, dìreach mar a dhèanadh tu às dèidh dhuinn pòsadh?"

"Mise!" fhreagair Anna. "Dè feum a th' agamsa air dreasa mar sin! Cò bhiodh gam fhaicinn ann? Na caoraich! Thu fhèin!"

Anna mì-thoilichte le a beatha. Mise mì-thoilichte le mo bheatha. Smuain.

"Tha thu a' coimhead airson obair, Anna, a bheil? Tha beàrn anns a' chompanaidh agamsa. Cha leig thu leas agallamh a dhèanamh. Tha an obair agad ma thogras tu." Nuair a thuirt mi na faclan seo, dheàrrsaich a sùilean mar na rionnagan as soilleire sna speuran.

"Dè nì mise dhutsa? Chan eil mi air a bhith ag obair o chionn bhliadhnaichean. Nach eil a h-uile duine a tha a dhìth ort agad mar thà?"

"Tha mi ag iarraidh rudeigin ùr fheuchainn. Tha a' bhùth a' dèanamh glè mhath ach tha beachd agam seòmar-teatha fhosgladh ri a taobh. Am biodh ùidh agad ann? Tha fios 'am cho math 's a tha thu air bèicearachd agus ma tha e comasach dhut taigh a ruith, cha bhi e cho diofraichte a bhith a' ruith seòmar-teatha beag. Dè do bheachd?"

"Chan eil fhios 'am dè chanas mi," fhreagair i, gàire mhòr air a h-aodann.

"Dìreach can rium gu bheil thu dèonach, agus faodaidh tu tòiseachadh an ath-sheachdain. Mar as luaithe a thòisicheas tu, san as fheàrr a bhios e."

"Ceart ma thà – cuideigin ùr a' tighinn air bòrd."

"Sgoinneil!" thuirt mi rithe agus thog mi briosgaid, cabhag orm a-nis a bhith air falbh.

Tha cuimhne agam nuair a bha mi fhathast pòsta bhiodh caraid agam, Barbara, a' tadhal orm gach seachdain. 'S e deagh charaid a bh' innte oir b' urrainn dhomh gach gearan a bh' agam innse dhi. 'S i an tè a bha cho brosnachail dhomh nuair a thòisich mi a' coimhead airson àite-obrach ùr; 's i an tè a thàinig dhan taigh le briosgaidean no cèicean airson Alasdair agus Màiri nuair a bha mise trang le m' obair; 's i an tè a thug cuideachadh dhomh nuair a bha mi a' beachdachadh air crìoch a chur air a' phòsadh agus 's i an tè a tha pòsta ri Alasdair a-nis.

"Feumaidh mise togail orm Anna, tha obair agam ri dhèanamh aig an taigh. Bheir mi briosgaid leam airson a' chàir, ma tha sin ceart gu leòr. Ach, mus falbh mi, am b' urrainn dhut reasabaidh a thoirt dhomh? Eil cuimhne agad gum b' àbhaist dhut a bhith a' dèanamh bhriosgaidean dha Dòmhnall le cnothan annta. Tha mi fhìn gu math dèidheil air cnothan agus bu toil leam beagan bèicearachd fheuchainn."

Le reasabaidh nam briosgaidean nam làimh agus briosgaid nam phòcaid, dh'fhàg mi an taigh. Dh'fheuchainn an reasabaidh nuair a gheibhinn dhachaigh. Dh'fheumainn tòrr cleachdaidh mus biodh na briosgaidean cho math 's a b' urrainn dhaibh a bhith, nuair a bheirinn iad dha Dòmhnall agus dhan chloinn. Uill, bidh Anna cho trang ag obair, cha bhi ùine aice airson a leithid tuilleadh.

An Taigh

"Granaidh, innis dhomh a-rithist mun taigh a bha agad nuair a bha thu beag," thuirt Màiri rium.

Stad mi na bha mi a' dèanamh agus thionndaidh mi. Bha i na laighe na leabaidh a' coimhead orm bho taobh eile an t-seòmair-chadail aice.

"A Mhàiri, tha thu nas eòlaiche air an sgeulachd na tha mi fhìn!" thuirt mi rithe.

"Ach, Granaidh, 's toigh leam a bhith a' cluinntinn mun taigh. Innis dhomh a-rithist." Bha e doirbh dhi na faclan mu dheireadh fhaighinn às a beul oir bha i a' dèanamh mèanananaich cho mòr 's gu robh mi beagan eagalach gu sluigeadh i gach rud a bha san t-seòmar.

"Mionaid air ais bha thu cho sgìth 's gun robh thu ag iarraidh gad leabaidh agus a-nis tha thu ag iarraidh sgeulachd. Bidh tu nad chadal mus bi mi deiseil!"

"Cha bhi," thuirt i rium a' dèanamh mèanananaich eile.

"Am faigh mi fois idir mura cluinn thu a-rithist e?" Chrath Màiri a ceann.

"Ceart ma-thà," thuirt mi rithe. Cha robh fios agam carson a dh'fhaighnich mi oir cha bhiodh dol às agam gus an tòisichinn air an aithris, ged a bha an tè bheag cho sgìth ri seann chù. Bha i cho mì-fhoighidneach, cho coltach rium fhìn nuair a bha mi an aon aois rithe. Bha mise deich bliadhna a dh'aois nuair a fhuair mi an taigh air an robh i a-mach agus tha cuimhne agam air dìreach mar gum b' ann an-dè a bha e.

Sheas mi agus chaidh mi a-null chun na leapa aice. Bha cathair ri a taobh air a còmhdachadh le clò pinc agus dealbhan de Bharbie air, ged a bha e doirbh na dealbhan fhaicinn oir bha a' chathair cho làn teddies. Bha sinn cho coltach ri chèile ann an iomadach dòigh ach bha fada bharrachd gheamannan agus dèideagan aig Màiri na bha agamsa 's mi beag. Thog sin ceist nam inntinn: an robh i dha-rìreabh nas toilichte na bha mi fhìn aig an aois sin ged a bhiodh i a' faighinn a h-uile càil a bha i ag iarraidh? Cha chreid mi gun robh. Bha barrachd saorsa agamsa na aig Màiri agus chan urrainn do dhuine àbhaisteach sin a cheannach. Thog mi na teddies agus shuidh mi sìos ri a taobh.

"A bheil thu comhfhurtail?" dh'fhaighnich mi, a' coimhead oirre. Ghnog i a ceann. Bha an t-aodach-leapa suas mu a h-amhaich agus cha robh càil ri fhaicinn ach a h-aodann.

"Uill, 's e taigh fiodh a bh' ann agus cha robh e uabhasach mòr ach cha do rinn sin diofar dhòmhsa oir cha robh mi fhìn uabhasach fhèin mòr aig an àm." Rinn Màiri gàire air seo. Seo mar a bha i – toilichte. Bhiodh i a' dol timcheall an taighe le snodha-gàire air a h-aodann. A' dol timcheall an taighe: bu chòir i a bhith a' cluich a-muigh mar a rinn mi fhìn nuair a bha mi a' fàs suas ach cha robh i a' faighinn chothroman airson sin a dhèanamh idir. 'Tha e ro chunnartach,' bhiodh mo nighean, màthair Màiri, ag ràdh rium.

"Thàinig e à bàta," thuirt mi. "'S e sean chabin a bh' ann."

"An robh cuibhle a' bhàta fhathast ann, Granaidh?" dh'fhaighnich Màiri.

"Cha robh – cha robh càil air fhàgail ach na ballachan agus am mullach. Bha e mar slige seilcheig gun bheathach na broinn. Bha mise dìreach air mo dhòigh nuair a chunnaic mi an taigh airson a' chiad turas. Cha tuirt m' athair guth rium ro làimh agus 's e iongantas mòr a bh' ann. Bha fios aig m' athair dè cho dèidheil 's a bha mi air a bhith a' cluich a-muigh agus bha mi an-còmhnaidh a' togail thaighean beaga a-mach à rud sam bith a bha air fhàgail timcheall na cruite. Bhithinn a' dèanamh thaighean anns na craobhan le bhith a' cleachdadh nan stocan mar bhallachan agus a' cur gheugan agus pìosan iarann stuadhach eatorra. Bhithinn a' faighinn beagan fasgaidh bho na duilleagan agus, nan robh mi fortanach, pìos tarpaulin. Sheasadh taigh mar seo 's dòcha mìos no dhà, gus an tigeadh a' chiad ghaoth làidir. An ath latha cha bhiodh càil air fhàgail ach maide no dhà no am pìos tarpaulin glacte ann an aon de na craobhan faisg air an t-sruthan. Ach, bha fios agam nach caraicheadh an taigh ùr seo agus e cho làidir, seasmhach a' coimhead."

Stad mi an uair sin agus thug mi sùil air Màiri. Bha na sùilean fhathast fosgailte ach bha fios agam nach robh an t-suain fad air falbh a-nis.

"Aon latha nuair a thàinig mi dachaigh bhon sgoil bha m' athair air bhioran. Cha b' urrainn dha fiù fuireach gus an cuirinn dhìom m' aodach sgoile mus tuirt e rium gun robh tiodhlac aige dhomh air cùlaibh an taighe agus gu robh agam ri mo shùilean a chumail dùinte gus an ruigeadh sinn e. Cha robh fios 'am cò air a bha e a-mach ach le gach ceum a ghabh mi dh'fhàs am brosnachadh a bha nam bhroinn. 'Fosgail do shùilean,' thuirt m' athair rium agus nuair a rinn mi sin bha an taigh beag a bha seo na sheasamh air mo bheulaibh. Cha robh doras no uinneag ann ged a bha beàrnan ann dhaibh, bha cuid de na plancaichean briste agus bhiodh fàilte nas cridheil ann nan robh e air còta no dhà de pheant fhaighinn ach, 's ann leamsa a bha e. A' chiad rud riamh nam bheatha a bha agam dhomh fhìn.

Làrna mhàireach thòisich mi fhìn 's m' athair ag obair air an taigh. B' urrainn dhuinn sin a dhèanamh oir bha sia seachdainean de làithean-saora na sgoile dìreach air tòiseachadh agus bha m' athair air làithean-saora cuideachd. B' e m' athair am prìomh shaor agus b' e mise am preantas, ged nach robh mi buileach cinnteach de bh' ann am preantas co-dhiù. Dh'obraich mi fhìn 's m' athair gu cruaidh air an taigh fad seachdain, agus feasgar Disathairne bha e deiseil. Sheas mi pìos beag air falbh bhon taigh, bruis-peanta nam làimh, gus am faicinn ceart e.

Bha a' ghrian a' dol fodha ach airson mionaid dheàrrsaich i air an uinneig ùir, far an robh beàrn ann roimhe. Bha sinn air doras dearg a chur ann cuideachd agus bha gach pìos fiodh anns na ballachan a' coimhead mar gu robh iad air an cur ann as ùr.

"Uill, Anna, dè an t-ainm a tha thu dol a thoirt air an taigh?" dh'fhaighnich m' athair. Sheas mi far an robh mi airson mionaid no dhà agus an uair sin thàinig e thugam. Ainm gu math sìmplidh ach ciallach: "Taigh Anna," thuirt mi ris, agus le sin, thòisich e a' cur an ainm seo air an taigh.

Ged a bha an taigh deiseil taobh a-muigh, cha robh càil sam bith ann taobh a-staigh agus thairis air na làithean ri thighinn, chruinnich mi stuth le chèile air a shon. Lorg mi seann ghreideal bho aon de na taighean eile a bh' agam, thug mo mhàthair cathair agus bòrd beag dhomh agus gach turas a thadhail mi air mo nàbaidhean bhiodh iad a' toirt shoithichean no cutlaraidh dhomh agus rudan eile a bhios feumail nuair a tha thu a' feuchainn ri taigh ùr a chur ri chèile. Bha ùidh aca fhèin anns an taigh agam agus thuirt mi riutha gum biodh iad uile a' faighinn cuireadh dhan 'house warming'.

Thug an smaoin seo stad orm. Nuair a bha mise beag bha mi eòlach air mo nàbaidhean. Bhithinn a' dol a-steach dha na taighean aca dìreach mar gur e an taigh agam fhìn a bh' ann agus bhiodh iadsan a' tadhal oirnn fhìn san aon dòigh. Ach, chan eil fhios 'am cò tha fuireach an ath-dhoras dha Màiri agus chan eil fios aig Màiri nas motha. Bidh iad uile gan cumail riutha fhèin an-diugh, glaiste nan saoghal fhèin.

"Granaidh, carson a stad thu?"

"Bha mi dìreach a' smaoineachadh a Mhàiri, tha mi duilich. Nise cà' robh mi . . .

Chosg mi gach mionaid a bh' agam tron t-samhradh a' cluich anns an taigh agus cha do dh'fhàs mi sgìth idir dheth. Aon latha bhithinn a' còcaireachd brot air a dhèanamh a-mach à duilleagan beaga a bha a' coimhead car coltach ri peasairean nuair a bha iad air am measgachadh le stuthan eile: ùir, geugan agus rudan inntinneach sam bith a lorgainn timcheall na cruite. No bhithinn ag obair anns a' phìos beag gàrraidh a thug m' athair dhomh no dìreach a' suidhe a-staigh a' leughadh leabhar mu dheidhinn *The Famous Five* no *Secret Seven*. Chòrd na làithean rium – cha robh mi feumach air dad eile, dìreach mi fhìn 's an taigh agam agus, 's dòcha, an cù a' tadhal orm bho àm gu àm. Cuimhneachan a bhios nam inntinn gu sìorraidh bràth."

Choimhead mi sìos air an tè bheag. Bha a sùilean dùinte agus bha i a' gabhail anail gu math socair. Bha i na cadal a-nis, ach càite? Ann an saoghal eile? A' coimhead timcheall an taighe bhig a bha agam fhìn o chionn fhada? 'S dòcha.

Sheas mi agus chaidh mi air ais dhan choimpiutar far an robh mi ag obair na bu tràithe. Bha an compiutair na chadal a-nis cuideachd ach nuair a bhrùth mi air a' phutan, dh'fhosgail e a shùil mhòr agus b' urrainn dhomh crìoch a chur air an rud air an robh mi ag obair. Tha mi gu math faiceallach anns an dòigh a bhios mi a' sàbhaladh fhaidhlichean oir 's iomadh turas thairis air na bliadhnaichean a tha mi air obair a chall – dìreach mar na taighean a dh'fhalbh leis a' ghaoith nuair a bha mi beag. Dh'fhosgail mi am faidhle 'Taigh Màiri' agus, anns a' bhad, nochd taigh beag fiodha air a' sgrion. Gun teagamh sam bith tha fios 'am dè cho mìorbhaileach 's a tha na coimpiutaran an-diugh agus na prògraman a bhios sinn a' faighinn air an son.

Bha mi fhìn 's Màiri air a bhith ag obair air an taigh seo fad seachdain a-nis (dìreach mar a rinn mi fhìn 's m' athair bliadhnaichean air ais) agus cha robh mòran agam ri dhèanamh ach ainm a chur air. B' e 'Taigh Màiri' a bh' air am faidhle ach 's dòcha gum biodh i fhèin airson ainm eile a thoirt air an taigh, cha robh mi buileach cinnteach.

Bha am prògram leis an robh mi ag obair gu math innleachdach – b' urrainn dhut taigh a thogail 'bho thoiseach gu deireadh', a rèir an fhir-reic co-dhiù. Bha mi fhìn deiseil leis an taigh a-nis agus mar sin b' urrainn do Mhàiri àirneis a thaghadh air a shon. B' urrainn dhi pàipear-balla a chur an-àirde, brataichean-ùrlair a chur sìos, cùirtearan a lorg agus, aig an deireadh, bhiodh an taigh 3D dìreach mar taigh beò – uill sin a thuirt e air a' bhogsa anns an tàinig am prògram.

Ach an e taigh fìor a bh' ann? Cha b' e. Cha deach Màiri

fhèin a-mach airson a thogail; cha b' urrainn dha na nàbaidhean tadhal, fiù 's nan robh i eòlach orra, agus cha b' urrainn dhi fhèin a dhol a-steach na bhroinn air oidhche bhlàth.

Bha cuimhne agam a' cur fàilte air aon de na nàbaidhean agam – tè aosta a bha a' fuireach an ath-dhoras dhuinn. Thadhail i orm aon fheasgar, dìreach às dèidh dhi tadhal air mo mhàthair. Thàinig i a-staigh le bonnaich ann an clò, an aon phrèasant a thug i seachad dha mo mhàthair. Bha mise taobh a-staigh an taighe nuair a chunnaic mi i a' tighinn sìos an staran. Chaidh mi a-mach gus an geata fhosgladh dhi. Stad i nuair a chunnaic i an taigh le coltas iongnaidh air a h-aodann.

"Nach eil e brèagha!" thuirt i rium. "Tha thu fhèin is d' athair air a bhith ag obair gu math cruaidh!"

Ghnog mi mo cheann agus dh'iarr mi oirre tighinn a-steach. Ma tha thu moiteil à rudeigin, mar a bha mi fhìn air an taigh, tha thu ag iarraidh a shealltainn dhan t-saoghal air fad.

Cha robh mòran rùm anns an taigh, 's mar sin, chaidh Annag a-staigh an toiseach. 'S e Annag an t-ainm a bh' air mo nàbaidh ged nach bithinn ag ràdh sin rithe; cha bhithinn-sa ga h-ainmeachadh idir. Cha robh e ceart – feumaidh tu spèis a shealltainn do dhaoine nas aosta na thu fhèin. Sin an cleachdadh anns na seann làithean, chan eil e a' tachairt cho tric an-diugh.

Shuidh Annag sìos air a' chathair agus choimhead i timcheall oirre, mar a bhios boireannaich a' dèanamh ann an taighean ùra, le sùilean nas bioraiche na fir-reic thaighean. Mhothaich i am pana 'brot' a' blàthachadh air a' ghreideal; an uinneag ghleansach a' deàrrsadh anns a' ghrèin; na sweet-peas a ghoid mi às a' ghàrradh nan suidhe ann am meadhan a' bhùird ann an cupa a thug nàbaidh eile dhomh, fàileadh nam flùraichean a' measgachadh le fàileadh an fhiodha ùire.

"Nach eil thu a' toirt dhomh cupa teatha, às dèidh dhòmhsa tadhal ort air feasgar cho blàth seo!"

Bha mi air mo nàrachadh! A' chiad rud a bu choir dhut dèanamh ann an taigh Gàidhealach 's e a bhith a' cur fàilte air daoine le cupa teatha. Cha tuirt mi càil fhad 's a bha mi a' feuchainn ris an 'teatha' a dhèanamh agus chùm mi mo cheann sìos gus nach faiceadh Annag m' aodann a bha a-nis cho dearg ris na sweet-peas. Mionaid eile bha an 'teatha' deiseil agus chuir mi a' phoit agus an cupa sìos air beulaibh Annag agus mi fhìn. Bha mi a' feitheamh oirre gus an lìonadh i an dà chupa ach, le a corrag, dh'iarr ise ormsa sin a dhèanamh. "'S tusa bean an taighe," thuirt i rium.

Struth an 'teatha' dha na cupanan mar uisge a-mach à fuaran, rud a bha nàdarrach gu leòr oir sin a bh' ann: uisge a fhuair mi sa mhadainn bhon fhuaran air chruit m' athar. Ach, dhan dithis againne, 's e teatha a bh' ann – an teatha as fheàrr san t-saoghal; luachmhor, dìreach mar a' mhòmaid.

Fuaim maoth bhon leabaidh. Choimhead mi sìos air Màiri a-rithist, a' smaoineachadh. Cuimhneachain – tha iad cho cudromach, gu h-àraidh cuimhneachain mhatha, mar a bha agam fhìn. Am biodh cuimhneachain mhatha aig Màiri? Bha mi an dòchas gum biodh. Ach, bhiodh iad gu tur eadar-dhealaichte bhon fheadhainn agamsa. Cha bhiodh Màiri ag innse dha na h-oghaichean aice mu dheidhinn an taighe coimpiutair aice anns na bliadhnaichean ri thighinn mar a bha mi fhìn a' dèanamh an-dràsta mun taigh fhiodha. Gu cinnteach bha am prògram innleachdach, bha an taigh air a' choimpiutar cho spaideil 's a ghabhadh – chan e sin e. Cha robh an rud as cudromaiche anns an taigh seo. Cha robh gaol ann.

Deireadh na Seachdain

Bha an ceòl cho àrd 's gu robh e doirbh daoine a chluinntinn, ged nach robh Tom ag iarradh bruidhinn ri duine co-dhiù. Choimhead e timcheall air. Bha am pub làn daoine làn deoch agus bha Emily nam measg ann an àite air choreigin. Chunnaic Tom i leth-uair a thìde air ais na suidhe ann an oisean dorcha le tè nach do dh'aithnich e – tè chaol, le falt fada. Bha e coltach gun robh an dithis aca an sàs ann an còmhradh ged nach robh fios aig Tom cò mu dheidhinn. Cha bhiodh fios càil nas fheàrr aige nuair a thilleadh Emily – bha i gu math prìobhaideach mu dheidhinn stuth mar sin. Càite an deach i bhon uair sin co-dhiù? Cha robh sgeul oirre a-nis.

Ghabh e balgam eile dhen coke – bha e flat. 'S beag an t-iongnadh, bha an deoch air a bhith aige fad uair a thìde a-nis, ged nach robh mòran beatha ann nuair a cheannaich e e. Beagan mar Tom, chanadh cuid (seach na daoine san oifis chunntasan far an robh e ag obair, a bha caran marbh an latha a b' fheàrr a bha iad). Ach seo e na sheasamh anns a' phub an teis-meadhan fuaim is ùpraid oidhche Haoine. Shaoileadh duine sam bith a bha ga choimhead gum biodh e fada na bu thoilichte aig an taigh le 'War and Peace' san aon làimh agus cupa còco san làimh eile.

Tà, cha b' urrainn dha sin a dhèanamh oir b' e esan, na bheachd fhèin, an dràibhear aig Emily agus cha robh teagamh idir ann nach biodh i feumach air aig deireadh na h-oidhche.

Bha e sgìth a-nis agus bha ceann goirt air ach cha rachadh e dhachaigh fhathast – cha b' urrainn dha gus am biodh Emily deiseil. Bha e caran crosta rithe. Bha i air cantainn ris leth-uair a thìde air ais gun robh i a' dol dhan taigh-bheag agus gum biodh i air ais ann an còig mionaidean. Gu mì-fhortanach, bha Emily beò ann an saoghal dhi fhèin far am faodadh còig mionaidean a bhith a' ciallachadh trì uairean a thìde. Ach a dh'aindeoin cho mì-riaraichte 's a bha Tom an-dràsta, bha fios aige gum biodh na faireachdainnean seo a' leaghadh air falbh mar deigh air latha samhraidh nuair a chitheadh e i. Bha daoine an-còmhnaidh ag ràdh ris gur e amadan a bh' ann a bhith a' coimhead às a dèidh gach seachdain: ise aig a' phub ag òl cus agus esan ga toirt dhachaigh agus a' dèanamh cinnteach gun robh i sàbhailte. Bha Tom toilichte gu leòr sin a dhèanamh, ged a bhiodh e a' fàs sgìth uaireannan, mar a-nochd. "Uill," thuirt e ris fhèin, "bidh i airson bruidhinn ri tòrr dhiofar dhaoine. Seo a' chiad dheireadh-seachdain aice air ais airson greis."

Bha Tom air a bhith eòlach air Emily bhon bha iad gu math beag – 's e nàbaidhean a bh' annta. Cha robh peathraichean no bràithrean aig duine dhan an dithis aca agus a chionn 's nach robh mòran cloinne eile timcheall orra, rinn iad cha mhòr a h-uile càil còmhla. Bhiodh iad ag iasgach, a' cluich ball-coise no a' streap chraobhan oir 's e nàdar de 'tom-boy' a bh' ann an Emily.

Nuair a dh'fhàg iad an sgoil, fhuair Tom obair ann an oifis chunntasan anns a' bhaile aca fhèin agus fhuair Emily obair mar chaileag-fhrithealaidh ann an aon de na taighean-òsta ionadail.

Dh'fhuirich i anns an taigh-òsta airson dà bhliadhna agus an uair sin rinn i co-dhùnadh gun rachadh i chun cholaiste ealain anns a' bhaile mhòr. Bha i riamh math air ealain agus ged a bha Tom toilichte gun d' fhuair i a-steach dhan chùrsa bha e brònach gum biodh aice ris a' bhaile fhàgail.

Dh'fhalbh Emily don cholaiste an Dàmhair a chaidh agus ged a chùm i conaltradh ri Tom air a' fòn-làimhe agus thàinig i dhachaigh tro na làithean-saora agus aig deireadh-seachdain no dhà, bha Tom ga h-ionndrainn gu mòr. Bha e gu math toilichte nach do thachair i ri fear eile fhad 's a bha i air falbh. Cha robh bràmar riamh aig Emily agus thug sin dòchas dha Tom.

Bha cuimhne aige fhathast air Emily a' ruith sìos an rathad chun taigh an ath dhoras air a' chiad latha a chunnaic e i, 's gun i ach ceithir bliadhna a dh'aois. 'S e nighean gu math beag a bh' innte, tana le falt fada, curlach. Beag agus foirfe mar doile. Uaireannan, nuair a bhios daoine a' fàs, bidh iad a' call an dreach ach cha do thachair sin dha Emily. Bha i cheart cho brèagha an-diugh 's a bha i riamh.

Thug e sùil air an uair a-rithist – leth-uair às dèidh trì sa mhadainn. Bu chòir am pub a bhith dùinte a-nis. Bha còir aige dùnadh ceithir uairean a thìde air ais ach bha fear an taighe toilichte gu leòr fhàgail fosgailte cho fad 's nach robh fios aig a' phoileas. Nan tigeadh iad, chitheadh iad gun robh an doras-aghaidh glaiste agus chanadh fear a' bhàir gur e 'pàrtaidh prìobhaideach' a bh' ann.

Sùil eile air an uaireadair. Bha aig Tom ri èirigh tràth an ath mhadainn airson rudeigin a thogail às a' chiad trèana. 'S e prèasant dha Emily a bh' ann. Bha i an-còmhnaidh ag ràdh cho doirbh 's a bha e faighinn mun cuairt oir cha robh cead dràibhidh aice agus bha daoine eile ro thrang airson a toirt timcheall. Rinn Tom a h-uile rud a b' urrainn dha airson a cuideachadh ach cha b' urrainn dha càil a dhèanamh nuair a bha e ag obair. An turas mu dheireadh a bha e anns a' bhaile mhòr chunnaic e baidhsagal ann an aon de na bùithtean agus thàinig e a-steach air gur e sin an dearbh rud a bha dhìth air Emily. Nuair a chaidh a phàigheadh aig deireadh na mìos cheannaich Tom am baidhsagal air a' fòn agus gheall fear na bùtha gun cuireadh e air an trèana e. Mhothaich e an cloc air a' bhalla – fichead mionaid gu ceithir. Bhiodh an trèana a' tighinn a-steach ann an trì uairean a thìde.

Cha robh sgeul air Emily anns a' phub idir. 'S dòcha gun deach i a-mach airson smoc. Cha do smoc Tom riamh na bheatha agus ged nach robh e toilichte gun robh Emily a' smocadh, agus e cho dona dha slàinte, cha tuirt e guth mu dheidhinn rithe. Cha dèanadh e diofar co-dhiù oir nan robh Emily airson rudeigin a dhèanamh, dhèanadh i e.

A chionn gu robh doras-aghaidh a' phub glaiste bha aig Tom ri dhol tro dhoras a' chidsin airson faighinn a-mach an tòir air Emily. 'S e oidhche air leth brèagha a bh' ann – blàth agus socair. Bha e gu math soilleir ann an solas na gealaich. Nam biodh e mar seo an-còmhnaidh cha bhiodh feum air solais-sràide idir. Cha robh duine ri fhaicinn nuair a thàinig e a-mach agus thòisich e a' fàs diombach a-rithist. 'S dòcha gun deach Emily dhachaigh mar-thà gun fios a leigeil dha. Rinn i sin turas no dhà roimhe. An turas mu dheireadh a thachair e bha esan na sheasamh anns a' phub a' feitheamh oirre nuair a mhothaich e boireannach a' cùilteireachd anns an oisean. Thàinig i suas thuige – tè bheag car crùbach, sùilean biorach le gàire slìogach air a h-aodann. "Tha i air falbh mar-thà," thuirt i ris gu socair. "Dh'fhalbh i ann an càr le boireannach air choreigin." Le sin, chaidh an tè chrùbach a-mach à sealladh.

Is dòcha gur e sin a rinn i a-nochd. Bha e dìreach airson a dhol air ais a-steach nuair a chuala e fuaim bho aon de na h-oiseanan dorcha. Draghail gu robh Emily air tuiteam na clod leis an deoch, chaidh e a-nall a choimhead. Dh'aithnich e a gàire ged nach robh e a' faicinn dad. Chaidh e a-steach dhan oisean, a shùilean a' fàs cleachdte ris an dorchadas. "Emily, tha mise air a bhith a' feitheamh ort airson faisg air uair a thìde a-nis . . ." Ach cha robh Emily na h-aonar.

Thionndaidh e mun cuairt agus dh'fheuch e ri coiseachd air falbh. Bha aige ri grèim fhaighinn air a' bhalla mus rachadh a chasan fodha. An dithis aca, Emily agus cuideigin eile, nan seasamh beul ri beul, broilleach ri broilleach. Soillearachadh na inntinn a-nis. Dh'fhairich e sgeith ag èirigh na bhroinn agus ged a dh'fheuch e ri shlugadh air falbh, cha b' urrainn dha. An rud a chunnaic e mar sgian na cheann. Solas na gealaich a' deàlradh air falt: falt fada, dorcha, sùilean mòra agus bilean dearga. An tè ris an robh Emily a' bruidhinn na bu tràithe. Aodach dubh, falt dubh, 's am beul dearg mar ghearradh fuiltcach air aodann geal. Ban-dia Ghreugach aig àm eile ach a-nis mar bhana-bhuidseach – grànda, olc. Thilg e a h-uile rud a bha na stamag gus nach robh càil air fhàgail.

"Tom!" Guth Emily air a chùlaibh. "Tom, tha mi duilich . . ." Dh'fhairich e a làmh air a dhruim. Sheas e agus thòisich e a' coiseachd air falbh gu slaodach. Cha do thionndaidh e timcheall oir cha b' urrainn dha coimhead oirre. Bha gràin a' dòrtadh a-mach às gach pòr. Thug e na h-iuchraichean a-mach às a phòcaid agus dh'fhosgail e an càr. Bha Emily na seasamh a' coimhead air, a leannan ri a taobh.

Stad e, doras a' chàir fosgailte. "An robh fios aig daoine eile?" dh'èigh e. "An robh iad uile a' fanaid orm?" Cha b' urrainn dha a' chrith a bha a' ruith timcheall a bhodhaig a stad; cuthach a-nis ag èirigh na bhroilleach.

"Tom, chan eil e cho dona . . ."

"Ciamar? Bha fios agad gun robh gaol agam ort! Bha mi an dòchas gum pòsadh sinn. Gum biodh clann againn, taigh againn. A h-uile càil." Deòir a' ruith sìos aodann, sìos a gheansaidh a' measgachadh leis an dìobhairt. "B' e tusa mo shaoghal. Tha mi air a bhith a' feitheamh ort fad mo bheatha. Bha mi a . . ." Stad e. Bha an teine a dh'èirich cho luath na bhroinn air dol a-mach. Chuir e làmh ris a' chàr, a bhodhaig lag a-nis. Cothrom dhi rudeigin a ràdh ris, a h-uile càil a chur ceart. Choimhead e oirre, a' feitheamh. A chridhe ag agairt. Ùrnaigh ri Dia. "Iarr oirre rudeigin a ràdh."

Èiginn na shùilean. Còmhradh cràiteach ris fhèin. "Can rium gum bi e ceart gu leòr. Gum bi sinne ceart gu leòr. Please . . ." Sàmhchair. Cha tàinig i thuige. Cha tuirt i càil. Cha bhiodh e ceart gu leòr.

Gu slaodach thionndaidh e agus chaidh e a-steach dhan chàr. Bha e beò ach gun deò, gun dòchas, gun beatha. Thòisich an càr mar gu robh e a' feitheamh air, a' feitheamh airson a bhith air falbh. Cha do chuir e am bann air, cha bhiodh e feumach air. Thug e sùil anns an sgàthan – Emily agus an nighean nan seasamh far an robh iad. An tèile le làmh timcheall guaillean Emily; am puinnsean a thug gaol a chridhe air falbh a' dòrtadh aiste.

Chuir Tom a chas sìos air an troigh-luathachaidh agus chùm e sìos e. Pìos rathad dìreach an-dràsta, lùb a' tighinn suas. Bha an t-astar-chloc ag ràdh ceud mìle san uair. Bhiodh fios aig a' phoileas air seo an ath latha nuair a bhiodh iad a' tomhas nan comharraidhean air an rathad. Dhùin Tom a shùilean agus thug e a làmhan air falbh bhon chuibhle-stiùiridh.

Beul na maidne. A' ghrian a' deàrrsadh air latha foirfe. Thàinig a' chiad trèana dìreach air an uair agus nuair a dh'fhalbh i a-rithist bha baidhsagal, fhathast ann an còmhdach na bùtha, na sheasamh an taic a' bhalla aig oifis nan tiogaidean. A' feitheamh . . .